The stories of the Kosoado woods.

あかりの木の魔法

岡田 淳

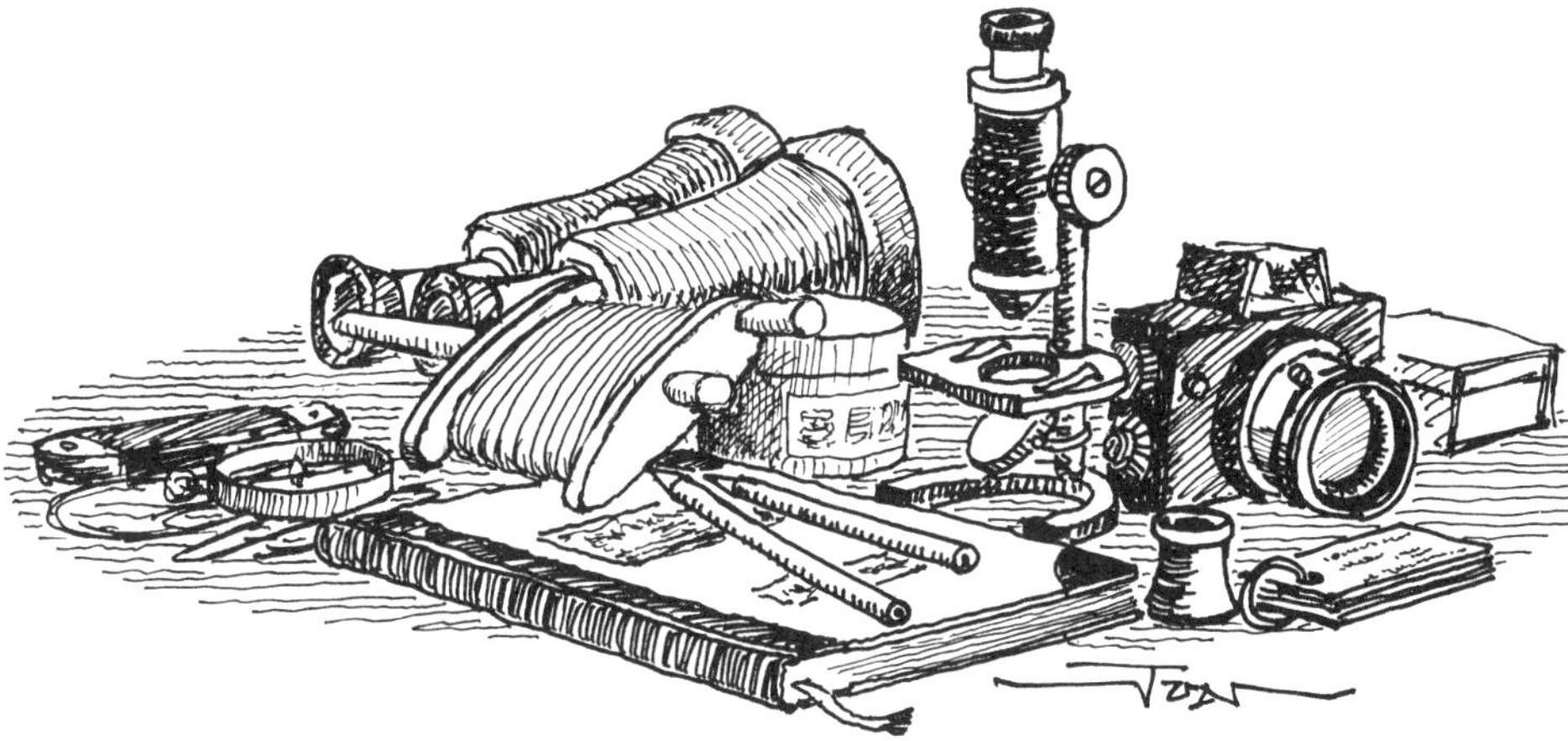

理論社

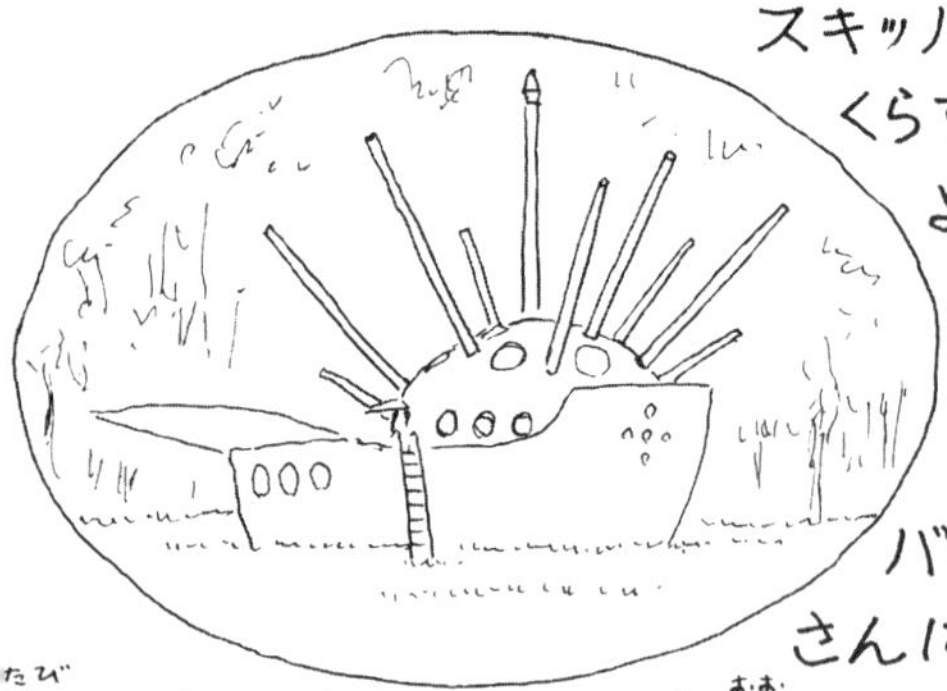

スキッパーと博物学者《はくぶつがくしゃ》のバーバさんが
くらす家《いえ》は、ウニをのせた船《ふね》の
ような形《かたち》だから
ウニマルと
よばれ
ている。
バーバ
さんは
旅《たび》がすきで、いないことが多《おお》い。

すんでいる家《いえ》は
木《き》の上《うえ》の屋根裏部屋《やねうらべや》。
嵐《あらし》でとんできて、木《き》の上《うえ》
にひっかかっていたのを
ギーコさんがすめるようにして
くれた。トワイエさんは作家《さっか》。
物語《ものがたり》を書《か》
くのが
しごと。

スキッパーは、本《ほん》をよんだり
化石《かせき》をながめたりして
ひとりですごすのが
けっこうたのしい。

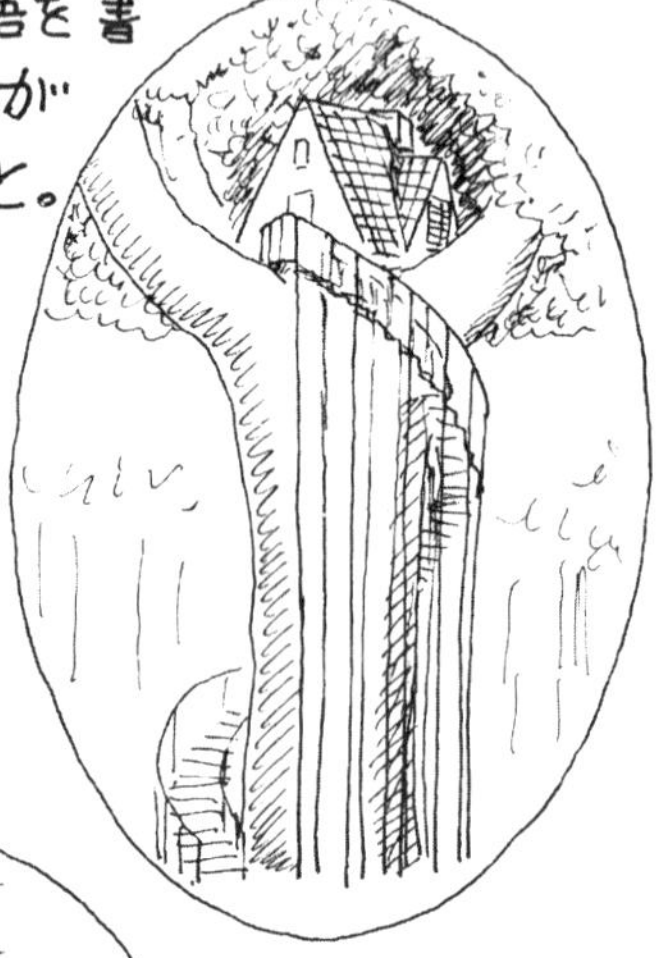

ふたごは湖《みずうみ》の巻貝《まきがい》の
家《いえ》にすんでいる。
ヨットをあやつるのが
じょうず。
ふたりのくらしぶりは
ほとんどあそびの
ようにみえる。
おもしろいこと
たのしいことが
だいすき。

じぶんたちの
名前《なまえ》さえも
気分《きぶん》にあわせて
ときどき
かえてしまう。

丘《おか》のふもと、その丘《おか》に半分《はんぶん》うもれた
ガラスびんの家《いえ》にすんでいる。
姉《あね》のスミレさんは詩《し》や
ハーブがすき 。コーヒーは
ブラックでのむ。
弟《おとうと》のギーコさんは大工《だいく》さん。
うでがよくて、町《まち》からも
注文《ちゅうもん》がくる。ギーコさんは
あまり おしゃべりではない 。

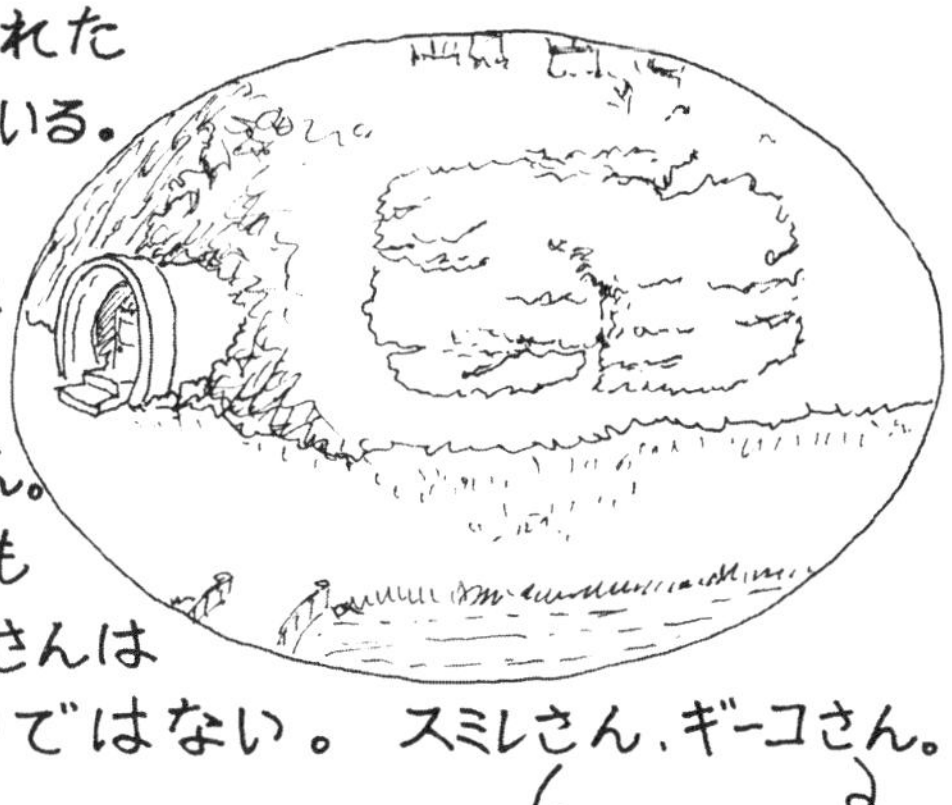

こそあどの森にすむひとたち

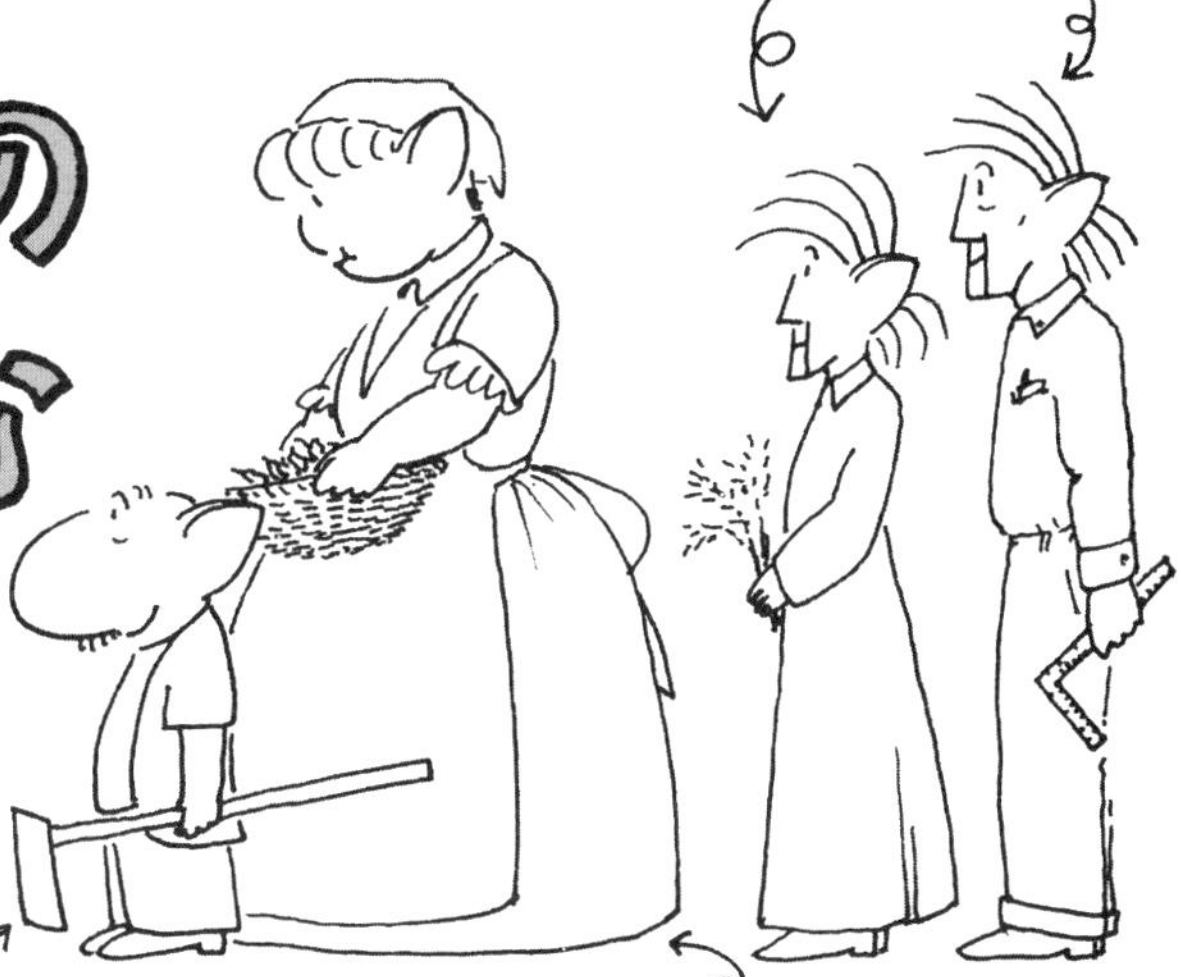

ちいさいほうがポットさん。おおきいほうが
トマトさん。ふたりはなかよし夫婦《ふうふ》。
湯《ゆ》わかしの家《いえ》にすんでいる。
みんなをよんで、おしゃべりを
したり食《た》べたりするのがすき。
だから家《いえ》には大《おお》きなテーブル
がある。
ポットさんはトマトさんに
キスをするとき、なにかに
のぼらなければならない。

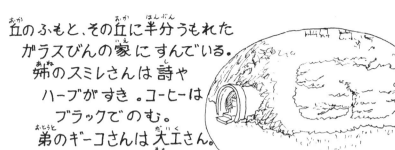

もくじ

絵・岡田淳

1　だれがテントをたてたのか

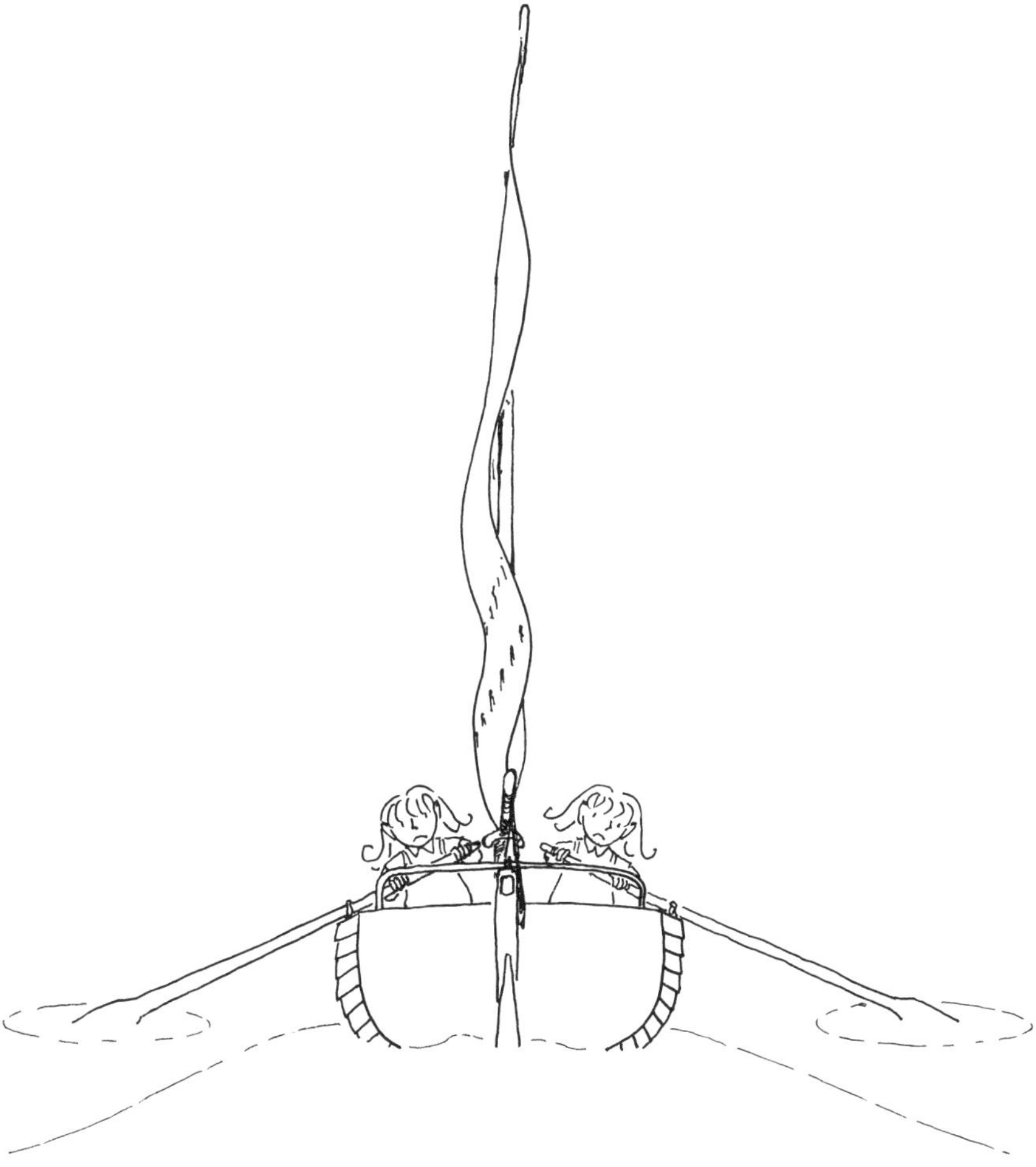

湖《みずうみ》のふたごが、自分たちの名前をパンプキンとキャロットにしたのは、十日ほど前のことです。

十日ほど前に、こそあどの森のひとたちは、湯《ゆ》わかしの家に招待《しょうたい》されました。トマトさんがいちごのプディングをつくったからです。それは、いちごや木いちごを砂糖《さとう》で煮《に》て、パンに包《つつ》んで冷《ひ》やしたものです。毎年六月のはじめに、トマトさんはこれをつくって、みんなをよんでくれます。甘《あま》ずっぱいプディングを食べると、みんなは、今年《ことし》も夏がくるんだなあと思うのでした。

まずほかの料理《りょうり》が出て、そのあとでプディングは出てきます。デザートというわけです。ふたごにしてみれば、それを食べるために、魚や野菜《やさい》をがまんして食べているわけですから、プディングを目にしたとたんにうれしくなって、

「わーい、プディング、プディング！」

「ほーい、プディング、プディング！」

と、はしゃぎだしてしまいました。スミレさんが横目《よこめ》で見ていいました。

いちごのプディング

「エサを持《も》ち帰《かえ》った親をむかえる、雛鳥《ひなどり》ってところね」

トマトさんはにっこり笑《わら》いました。

「よろこんでくれるのはうれしいわ。おいしいものはわたしも大好《だいす》き。でもね、おいしいからといって、甘《あま》いものばかり食べているのはよくないのよ。野菜《やさい》も食べなくてはいけないっていうことも、しっておかなくちゃね」

「野菜《やさい》、食べてる」

「そう、食べてる」

いいかえしたふたごに、トマトさんがたずねました。

「なにを食べてるの？」

「かぼちゃを食べてる」

「にんじんを食べてる」

ふたりがすかさずこたえたので、トマトさんは

「まあ、感心《かんしん》！」

と、目を丸くしました。スミレさんは、ほんとうかしらというふうに、目を細めました。

ふたりがかぼちゃとにんじんを食べているのはほんとうでした。ただし、パンプキン・パイと、キャロット・ケーキでしたが。

とにかくトマトさんとスミレさんをだまらせたのがうれしくて、それを記念《きねん》して、ふたりはその日から自分たちの名前を、パンプキンとキャロットにしたというわけです。

そのパンプキンとキャロットは、ヨットの上で、ふたりならんでオールを握《にぎ》っていました。湖《みずうみ》のまんなかで、とつぜん風がとまってしまったのです。しばらく待《ま》っても、そよとも吹《ふ》きません。しかたがないので、こいで帰ることにしました。風がなくなると、湖《みずうみ》は波《なみ》もなくなります。夕暮《ゆうぐ》れのむこう岸《ぎし》の木や山が、くっきりとした影《かげ》になって湖《みずうみ》にうつります。ふたりのオールは息《いき》がぴったりとあっていて、強さもおなじ、船はまっすぐ進《すす》みます。船だけが波《なみ》をおこし、その波《なみ》がどこまでも湖面《こめん》

をV字型《がた》に広がっていきます。

と、ふりかえって前のほうを見たパンプキンが、

「あ」

　声をあげました。

その視線《しせん》を追《お》ったキャロットも、

「あ」

といいました。

ふたりがくらしている巻貝《まきがい》の形の家がある島《しま》の、
そのむこう岸《ぎし》に、白っぽい小さなテントが見えたのです。

「だれが立てたんだろう」

「いつ立てたんだろう」

「しってるひとかな」

「しらないひとかな」

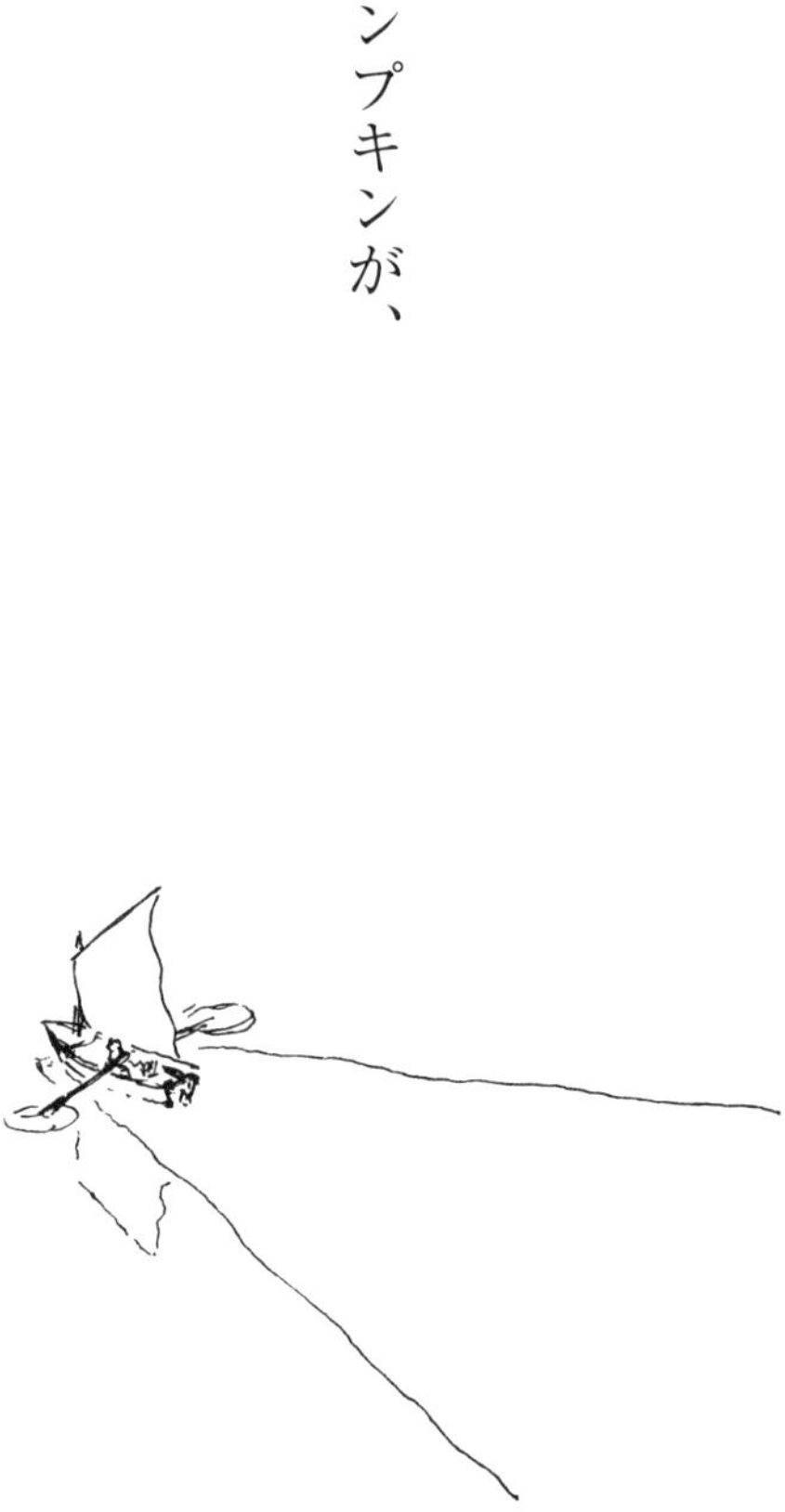

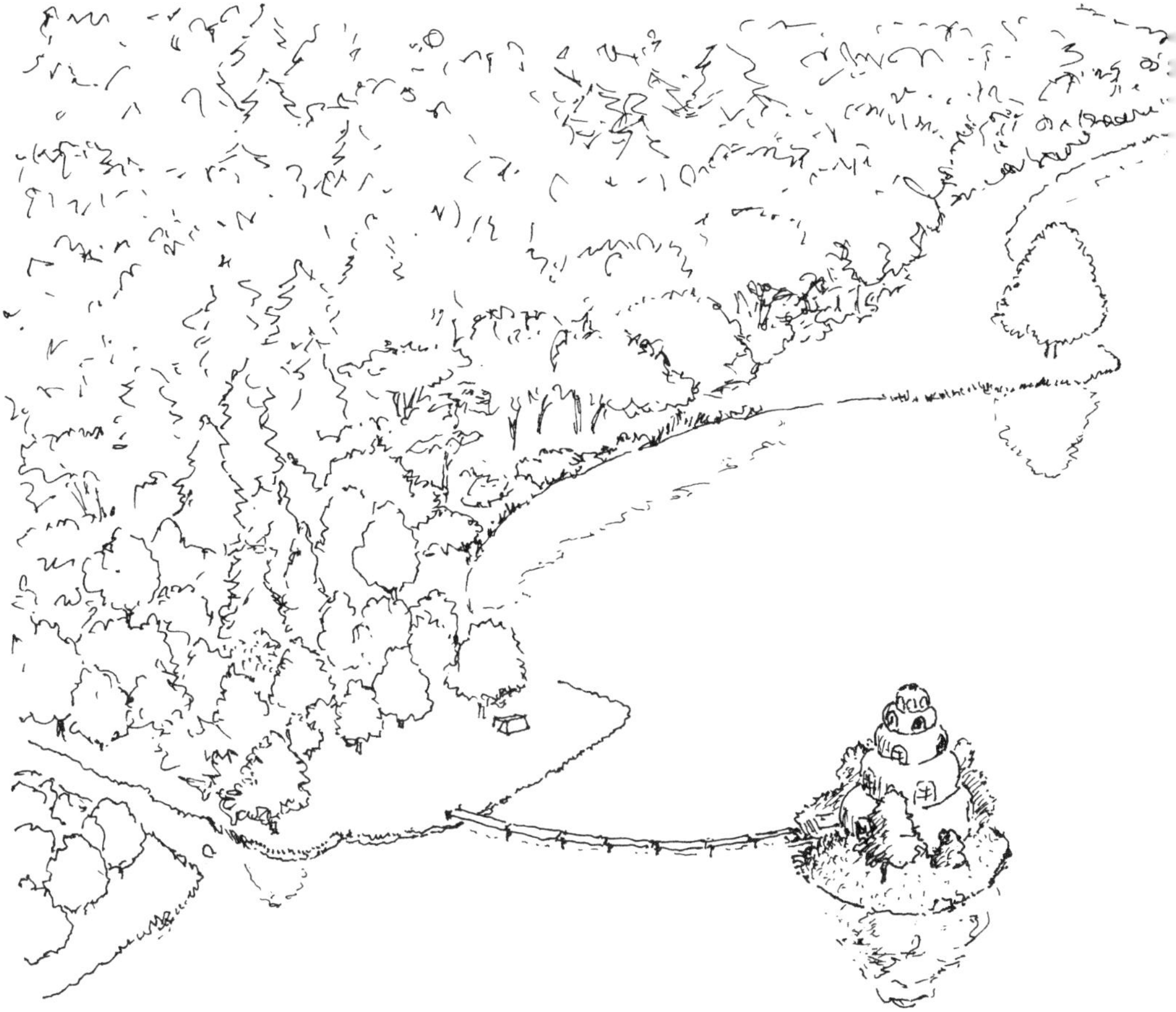

そのあと、島《しま》につくまでちらちらと見ていたのですが、ひとの姿《すがた》は見えません。

「どこかへ出かけているのかも」

「テントのなかにいるのかも」

「あとでようすをさぐろう」

「そっとさぐろう」

ふたりはヨットを、島《しま》の船つき場につなぎとめ、家のなかにはいりました。

もうランプに火をつける暗《くら》さでした。台所《だいどころ》のランプと料理用《りょうりよう》ストーブに火をつけ、お茶をわかしました。それから午前中につくっておいたパンプキンパイを切り分けて、お茶とパイをお盆《ぼん》にのせ、首に双眼鏡《そうがんきょう》をかけ、ランタンを持《も》って、いちばん上の部屋《へや》まで行きました。

いちばん上の部屋《へや》は、灯台《とうだい》の光を出す部屋《へや》みたいに、まわりがぜんぶ窓《まど》です。ふたごにいわせれば、ようすをさぐるには九十九点の部屋《へや》です。

上の部屋《へや》についたとたん、パンプキンが

「あ」

と、声をあげました。キャロットも岸《きし》を見て、

「あ」

といいました。暗《くら》くなった岸《きし》に、黄色っぽい光がぽつんと灯《とも》っていたのです。テントの横《よこ》に木があって、その低《ひく》い枝《えだ》に、ランプがつるされていました。そしてテントのちょうどむこう側《がわ》から、うす白い煙《けむり》があがっています。だれかがたき火をしているようです。

ふたりはそっと窓《まど》をあけました。ここの窓《まど》ガラスはかすかにゆがんで見えるので、きちんと外を見たいときは、窓《まど》をあけなければなりません。これで一点ひかれて、百点満点《ひゃくてんまんてん》にならなかったのです。ようすを見るのでなければ百二十点の部屋《へや》になることもあります。ガラスのゆがみで、ふとったスミレさんや、やせたトマトさんを見ることもできますし、のびちぢみしながら飛《と》ぶ鳥を見ることもできます。寒《さむ》い日にぽかぽかと昼寝《ひるね》だってできるのです。

ふたりは双眼鏡《そうがんきょう》のピントをあわせました。

「テントしか見えない」

「ちょうどかくれている」

ふたりがそうささやきあったとき、とつぜん笑《わら》い声《ごえ》がきこえました。男のひとの笑《わら》い声《ごえ》です。続《つづ》いてなにかしゃべる声。そしてふたたび笑《わら》い声《ごえ》。それきり静《しず》かになりました。

パンプキンとキャロットは双眼鏡《そうがんきょう》から目をはなし、顔を見あわせました。

「ひとりじゃない」

「しゃべりあっているようだった」

「それにしてはテントが小さい」

「小さいひとがふたりかもしれない」

「もっと小さいひとが三人かもしれない」

「もっともっと小さいひとが七人かも」

「もっともっともっと小さいひとが百人……」

キャロットがそこまでいったとき、パンプキンが空気のにおいをかぎました。

「サカナを焼《や》いている」

「たしかに焼《や》いている」

「小さいひとが小さいサカナを焼《や》いているのかも」

「もっともっともっと小さい百人のひとが、百ぴきのメダカを焼《や》いてるのかも」

そういってふたりは、テントまできこえないように声を殺《ころ》して笑《わら》いあいました。

ふたりがパンプキンパイと紅茶《こうちゃ》の夕食を終《お》えたころ、テントのほうでも食べ終《お》わったらしく、ひとりの男のひとがテントのむこう側《がわ》から出てきました。ふたりはいそいで双眼鏡《そうがんきょう》を目にあてました。小さいひとではありません。ポットさんより背《せ》が高く、トワイエさんより低《ひく》い感《かん》じです。

「じゃあ、もうひとりが小さいんだ」

と、キャロットがつぶやきました。

「もうふたりがもっと小さいのかも」

パンプキンがつけたしました。

暗《くら》くてたき火を背《せ》にしているので
顔などよく見えません。

手になにか持《も》っていて、
ゆっくり岸辺《きしべ》のほうへ歩いていきます。

立ち止まって、持《も》っていたものを
顔のあたりに持《も》ちあげました。

「双眼鏡《そうがんきょう》だ！」

パンプキンが小声でいいました。

「湖《みずうみ》のようすをさぐっている！」

キャロットも声をひそめました。

「むこう岸《ぎし》に仲間《なかま》がいるのかも」

「むこう岸《ぎし》に敵《てき》がいるのかも」

ふたりは男のひとがながめている方向《ほうこう》を、双眼鏡《そうがんきょう》でしらべてみました。いつのまにかまっ暗《くら》です。なにも見えません。

「だれか泳《およ》いでくるのかも」

「潜水艦《せんすいかん》がくるのかも」

もういちど男のひとを見ると、さっきとはちがう方向《ほうこう》を見ています。

「こんなまっ暗《くら》の湖《みずうみ》で、いったいなにを見ているんだろう」

「こんなにまっ暗《くら》な湖《みずうみ》で、いったいなにが見えるんだろう」

「特別《とくべつ》にいい双眼鏡《そうがんきょう》かもしれない」

「特別《とくべつ》に目がよく見えるひとかもしれない」

「どちらにしても、あやしい」

「とにかく、あやしい」

「もっとようすをさぐらねば」

「こっそりようすをさぐらねば」

ふたりはくちびるをひきしめて、うなずきあいました。

やがて男のひとはランプを枝《えだ》からはずして、テントのなかにはいりました。もうひとりかふたりか百人かの小さいひとは、とうとう姿《すがた》を見せませんでした。

そのとき、すこし欠《か》けた月が東の森からあがってきました。ふたりはしばらく月がのぼるのをながめました。ちょうどその方向《ほうこう》に川があります。トワイエさんの家の前を流《なが》れて湖《みずうみ》にそそぎこむ川です。月の光はその川面《かわも》を光らせて、岸《きし》とふたごの島《しま》をつなぐ栈橋《さんばし》を照《て》らしています。

パンプキンがいいました。

「栈橋《さんばし》が明るい」

キャロットもうなずきました。

「ランタンなしで、岸《きし》まで行ける」

そこでふたりは顔を見あわせ、指《ゆび》を一本立てると声をそろえました。

「ようすをさぐれる」

　夜の色の服《ふく》に着《き》がえたふたごは、しのび足で桟橋《さんばし》をわたり、テントに近づきました。

テントの中にはランプがついていて、中の荷物《にもつ》と人物《じんぶつ》の影《かげ》が、くっきりとではありませんがうつっています。

どうやらひとりのひとがすわっている影《かげ》のようです。

小さなテントはほとんどそれでいっぱいです。

ランプが低《ひく》い位置《いち》にあるらしく、影《かげ》は上のほうに広がっていて、からだや腕《うで》を動《うご》かすと、奇妙《きみょう》にのびちぢみします。

草の上に腹《はら》ばいになったふたりが耳をすましていると、きゅうにテントのなかで話がはじまりました。

「とうとうやってきましたね、こそあどの森の湖《みずうみ》に」

ふたごは暗《くら》いなかで顔を見あわせました。かわった声だったからです。ひしゃげ

た高い声です。

「ああ、とうとうやってきたね」

こちらはよくひびく男の声。さっき笑《わら》った声です。

「いますかね」と、高い声。

「うーん、どうだろう」と、男の声。

「でも、島《しま》にだれかすんでるみたいですよ」

「ああ、きみのいいたいことは、こういうことだね。ひとがすんでいる島《しま》があるような湖《みずうみ》には、怪獣《かいじゅう》はいないだろう、と」

「だれだってそう思うでしょう」

「だれだってそう思うっていうのを、疑《うたが》ってみる、もしかするとそうでないかもしれないと考えてみるのが、学者《がくしゃ》というものだよ、ドコカくん。しっているかい、このこそあどの森にはね、バーバ先生というかたがすんでおられる。博物学《はくぶつがく》ではその名をしらぬものはない。そのバーバ先生がそうおっしゃったのだ。だれだってそう

思うことを疑《うたが》ってみなさい、とね」

男の声には、ひとを安心《あんしん》させるようなひびきがありました。

「このあたりにすんでおられるなら、会いに行ったらどうです？」

「そんなことはできないよ。わたしのような、名もない、湖《みずうみ》の怪獣《かいじゅう》を研究《けんきゅう》している学者《がくしゃ》になど、会ってくださるわけがない」

「名はあるじゃありませんか。イッカという」

男はかるく笑《わら》い声《ごえ》をあげました。

「そういう意味《いみ》じゃない。バーバ先生のような有名《ゆうめい》な学者《がくしゃ》じゃないってことだよ。だけど、バーバ先生の研究室《けんきゅうしつ》はどんな部屋《へや》なんだろう。会ってもらえなくても、せめて研究室《けんきゅうしつ》だけでも、ひと目見せていただきたいものだなあ」

「じゃあ、怪獣《かいじゅう》を発見《はっけん》することと、バーバ先生の研究室《けんきゅうしつ》を見せてもらえることを祈《いの》りながら、眠《ねむ》ることにしますか」

「ああ、おやすみ、ドコカくん」

「おやすみなさい、イッカ先生」

テントの影《かげ》が大きく動《うご》くとランプの明かりが消《き》えました。ふたごは合図《あいず》しあって、音をたてないようにテントからはなれました。

月の光のとどかない木陰《こかげ》で、蛍《ほたる》がふたつ、みっつ、光りました。

2　ウニマルの朝

こそあどの森の小さな広場に、船のような形の家があります。とげのつき出た丸い屋根《やね》がウニのように見えるので、ウニマルと呼《よ》ばれています。それはバーバさんとスキッパーがくらす家です。でもバーバさんはしょっちゅう旅《たび》に出ているので、ほとんどスキッパーひとりでくらしています。この六月も、バーバさんは南《みなみ》の島《しま》へ出かけていました。

ウニマルの朝は小鳥たちの鳴き声ではじまります。七月になると、それがセミの合唱《がっしょう》にかわります。スキッパーは、どちらかというと小鳥の鳴き声のほうが好《す》きです。おだやかに起《お》こしてくれるからです。

目覚《めざ》めるとスキッパーは、ストーブに火をつけ、やかんをかけ、顔を洗《あら》って、着がえます。窓《まど》をあけ、天窓《てんまど》をひらき、部屋《へや》に朝の空気をいれます。天窓《てんまど》は、天井《てんじょう》からさがっているひもをひっぱって調節《ちょうせつ》するのです。

そして朝食のしたくをします。広間の床《ゆか》の、ふたつのふたをひらき、地下倉庫《ちかそうこ》にも朝の光と空気を流《なが》しこんで、おりていきます。地下倉庫《ちかそうこ》には、粉袋《こなぶくろ》や缶《かん》づめ、びんづめの食品《しょくひん》が、棚《たな》いっぱいにならんでいます。その朝スキッパーは、ベーコンとトマトを煮込《にこ》んだ豆《まめ》の缶《かん》づめと、ビスケットを手にとりました。

広間にもどって缶《かん》づめをあけると、中身《なかみ》の半分をガラスの容器《ようき》に入れ、残《のこ》りの半分は缶《かん》に入れたままストーブの上におきました。いまから食べるぶんをあたためるのです。ガラスの容器《ようき》のほうは、夜に食べるためにとっておきます。もういちど地《ち》下倉庫《かそうこ》におり、地下倉庫《ちかそうこ》の床《ゆか》にある木のふたをあけました。そこは冷《ひ》やしておきたいものを入れるところです。ここに、ガラスの容器《ようき》を入れ、かわりにピクルスがすこし残《のこ》ったびんをとりだしました。

ストーブの湯《ゆ》がわくとお茶をいれ、ベーコンとトマトで煮込《にこ》んだ豆《まめ》、ピクルス、ビスケットの朝食です。

朝食のかたづけが終《お》わり、さてきょうはどんな一日にしようかなと考えかけたところで、スキッパーの耳がぴくりと動《うご》きました。そして、おだやかな時間が終《お》わったと思いました。ウニマルに近づいてくるふたごの足音と声がきこえたのです。

「スキッパーは行くかなあ」

「行く、行く、きっと行く」

それをきいたとたんにスキッパーは、どこへ行くのかきいていないのに、行きたくないな、と思ってしまいました。

「スキッパー！　スキッパー！」

「スキッパー！　スキッパー！」

足音が止まってふたりが呼《よ》びました。スキッパーは、まだなんの予定《よてい》もなかったのですが、予定《よてい》がくるってしまったような気分で、甲板《かんぱん》に出ていきました。

顔を見せたとたんに、ウニマルのはしごの下で、ふたごがつぎつぎにしゃべりはじめました。

「わたしのことは、パンプキンと呼《よ》んで」

「わたしのことは、キャロットと呼《よ》んで」

「どうしてわたしがパンプキンになったか、わかる？」

「どうしてわたしがキャロットになったか、しりたい？」
しりたくないとこたえる前に、
ふたごはそのわけを話しはじめました。
そんなことを話すためにやってきたのかと
思っていると、話は、湖《みずうみ》のほとりにキャンプに
きているひとたちのことになりました。
「それがなんと、
湖《みずうみ》に怪獣《かいじゅう》をさがしにきたひとたち」
「怪獣学者《かいじゅうがくしゃ》のひとたち」
「バーバさんのことをしってる」
「尊敬《そんけい》してる」
「会いたいと思ってる」
「ウニマルの研究室《けんきゅうしつ》を見たがってる」

その学者《がくしゃ》さんに会いに行こうと、さそいにきたというのです。

湖《みずうみ》にすむ怪獣《かいじゅう》の話は、スキッパーも本で読んだことがあります。まさかこそあどの森の湖《みずうみ》に怪獣《かいじゅう》がいるとは思えませんが、それを研究調査《けんきゅうちょうさ》している学者《がくしゃ》ときくと、興味《きょうみ》がわきました。博物学者《はくぶつがくしゃ》のバーバさんとくらしていて、本や標本《ひょうほん》にかこまれているせいか、スキッパーは調査《ちょうさ》とか研究《けんきゅう》とかきくと、わくわくしてしまうのです。

さっきまで心のなかで行きたくないと思っていたのですが、

「会いにいく？　スキッパー」

「行くでしょ？　スキッパー」

と、いわれると、

「うん」

うなずいていました。

3　ポットさんの心配《しんぱい》

湯《ゆ》わかしを半分うずめたような家には、トマトさんとポットさんがすんでいます。

そのふたりは、窓辺《まどべ》にいすをよせて、豆《まめ》をさやから出していました。

ポットさんがそっとためいきをついて首を左右にふったのを、トマトさんは見のがしませんでした。

「いまポットさんがなにを思ったか、あててみましょうか」

「え？」

とつぜんそういわれて、ポットさんはおどろきました。

「きのう、ドーモさんが話していたことを思い出してたんでしょ」

「よくわかったねえ」

「だって、やれやれ、なんとかならないもんかなあって感《かん》じで首をふっていたもの」

ぼくが？　していた？　という顔のポットさんに、していたわよ、とトマトさんがうなずきました。

「そうか。していたか。……どうしてそんなひとがいるのか、どうしてそんなことをするのかと思ってね」

きのうの昼に、郵便配達《ゆうびんはいたつ》のドーモさんがやってきて、手紙といっしょに町の話題《わだい》も配達《はいたつ》していったのです。

おもしろい話もありました。

が、ぶっそうな話もありました。

なかでもポットさんがけしからんとおこったのは、子どもをさらうひとがいるらしいという話です。

「でも、この森の子どもたちはしあわせよね。だって、さらうひとがいないんですもの」

と、トマトさんがにっこり笑《わら》うと、

「いまのところはいない、ってことかもしれんぜ」

と、ポットさんはまゆをよせました。

そして窓《まど》の外を見ていいました。

「お！　いまのところはしあわせな、三人《さんにん》がやってくる」

トマトさんがふりかえると、窓《まど》のむこうに、ふたごとスキッパーが歩《ある》いてくるのが見《み》えました。

「（あ、ポットさんとトマトさんがわたしたちを見つけた）」

ほとんど口を動《うご》かさずに、早口でパンプキンがいいました。

キャロットもおなじしゃべりかたでこたえます。

「（きっとわたしたちをお茶にさそう）」

「（お茶はのんでもいいけれど、あの学者《がくしゃ》さんのことは話しちゃいけない）」

なぜだろう、とスキッパーはふたりを見ました。

キャロットが続《つづ》けます。

「（そうそう、話せばきっと割《わ》りこんでくる）」

ああ、そういうことか、

とスキッパーはうなずきました。

ふたごとスキッパーでテントをたずねるのと、

そこにおとながはいるのではぜんぜんちがいます。

それは、スキッパーにも、想像《そうぞう》がつきました。

「(あ、ふたりが立ちあがった)」

「(さあ、よそを見てにこにこしてるのよ、スキッパー)」

「(呼《よ》ばれてから気がついたふりをするのよ、スキッパー)」

スキッパーがふたりを見ると、

ふたりは草のなかの花を指《ゆび》さし、にこにこしています。

スキッパーもすこしにこにこしてみました。

キャロットがいいました。

「(スキッパーはにこにこしなくていいことにする。にこにこが不自然《ふしぜん》)」

入り口の戸がひらいて、ポットさんとトマトさんが姿《すがた》をあらわしました。

「おーい、おそろいでどこへ行くんだ?」

「ちょっとお茶でものんでいきなさいよ。クッキーもあるんだから」

ふたごははじめて気がついたふりをしました。

「あ、ポットさんとトマトさんだ」

「お茶だって」

「クッキーだって」

「すてき!」

スキッパーは、不自然《ふしぜん》に笑《わら》いました。

ついさっき朝食をすませたところで、お茶とクッキーという気分でもありませんでしたが、食べてみるとおいしいクッキーだなと、スキッパーは思いました。話題《わだい》はポットさんがたずねるままに、いまのふたごの名前がパンプキンとキャロットだ

ということ、湖《みずうみ》では昨夜《さくや》はじめて蛍《ほたる》がふたつみっつ光っていたこと、に続《つづ》いて、郵《ゆう》便配達《びんはいたつ》のドーモさんが町から運《はこ》んできた話になりました。

「しんじられるかい？　子どもをさらっちゃうんだよ。どこかにつれていっちゃうんだ」

「ふくろにいれられて？」

「かごにとじこめられて？」

ふたごはすこしわくわくして口をはさみました。

「あのね」ポットさんはのみかけたカップを受《う》け皿《ざら》にもどして、ふたごにいいました。「どこかへつれていかれて、そこでどうされるかわからないんだよ」

「ひどいこと、される？」

「いじめられる？」

「あたりまえだよ。ひどいことをされて、いじめられるんだ」

ほんとうは、さらうひとがいるらしいときいただけです。さらわれたにしても、そのあとどうなったかなんて、ぜんぜんしらないのです。けれどふたごがおもしろそうだなどと思って、しらないひとについていってはいけません。ここはひとつおどかしておこうと、ポットさんは、思ったのです。

「食《た》べる物《もの》、くれなかったりする？」

「こきつかわれる？」

「きまってるよ。ろくにものも食べさせてもらえずに、働《はたら》きづめに働《はたら》かされるんだ」

「かわいい服《ふく》も着《き》せてくれずに？」

「ふかふかのベッドで寝《ね》させてくれずに？」

「服《ふく》はボロボロ、シャワーも使《つか》えない。不潔《ふけつ》であちこちかゆくて、つかれきって、ほこりっぽい物置《ものおき》のすみっこで、ボロ布《ぬの》にくるまって眠《ねむ》るんだ」

「まあ、なんてかわいそう！」

トマトさんが顔をしかめました。ポットさんは調子《ちょうし》にのって、さらに続《つづ》けようとしました。

わくわく
わくわく

「でも、そんな子はまだまだましなほうでね、もっとひどいのは……」

もうたくさん、とトマトさんは両手《りょうて》をあげました。

「よしてよ、ポットさん。ききたくないわ。いい？　パンプキンにキャロット。そんなことになるかもしれないんだから、しらないひとについていっちゃだめなのよ」

そんないいかたではなまぬるい、とポットさんは続《つづ》けました。

「しらないひとには話しかけちゃいかん！　いいや、しらないひとには近づいちゃいかんのだ！　自分で自分を守《まも》るには、しらないひとには近づかない。いいね！」

あまりポットさんに強くいわれたものですから、パンプキンは思わずいいかえしてしまいました。

「でもあのひとたち学者《がくしゃ》さんたちだから、だいじょうぶだもん！」

あわてて口をおさえましたが、もうきかれたあとです。

「あのひとたちってだれだい？」

ポットさんがたずねました。

「学者《がくしゃ》さんたちって、だあれ？」

トマトさんもたずねました。

こうなってはしかたがありません。

すっかり話すことになりました。

きき終《お》わってポットさんはいいました。

「あのね、パンプキンにキュロット」

「キャロット。キャロットはにんじん。キュロットは半ズボン」

キャロットがなおしました。ポットさんはキャロットもキュロットもおなじようなもんだ、といおうと思いましたが、それをいうと話がむずかしくなると思ってがまんしました。そして、自分の気持《きも》ちをしずめるために、ひとつ息《いき》をつきました。

「パンプキンにキャロット、そういうひとたちがきているってことは、さっきのあいさつのすぐあとに話さなきゃならんことだ。すくなくとも、蛍《ほたる》が光っていたことより先に話すことだと、ぼくは思うよ」

ふきげんそうな声でポットさんはいいました。心配《しんぱい》しているのがわかってもらえないからです。トマトさんが明るくいいました。

「でも、学者《がくしゃ》さんたちなら、悪《わる》いひとじゃなさそうで、よかったじゃない」

「そうかい？」ポットさんが横目《よこめ》でトマトさんを見ました。「どうして学者《がくしゃ》さんなら悪《わる》いひとじゃないんだい？　良《よ》くない心持《こころも》ちになる学者《がくしゃ》さんだっていないとはかぎらんぜ」

スキッパーはびっくりしてしまいました。湖《みずうみ》にきている学者《がくしゃ》さんが悪《わる》いひとかもしれない、とポットさんはいっているのです。

ふたごがいいわけをするようにいいました。

「だって、湖《みずうみ》の怪獣《かいじゅう》を研究《けんきゅう》してる」

「そう、ことばづかいだって、ていねい」

「湖《みずうみ》の怪獣《かいじゅう》の研究《けんきゅう》……？」

ポットさんは、あらためてふたりの女の子をじろじろと見ました。そして、トマトさんとスキッパーにむかっていいました。

「もしもトマトさんやスキッパーが、湖《みずうみ》の怪獣《かいじゅう》をしらべるひとだったらだね……、あの広い湖《みずうみ》の岸辺《きしべ》のどこかにテントをはるってときに、このふたりの家のすぐ前に、テントをはりたいかい？」

五人はおたがいに顔を見あわせました。

「そういわれれば、たしかにへんね」

トマトさんも腕《うで》を組みました。

おかしなことになってきたな、とスキッパーは思いました。

ふたごがいいました。

「だって、バーバさんの研究室《けんきゅうしつ》を見せてほしいって、いってる」

「そう、会ってもらえないなら研究室《けんきゅうしつ》だけでもって、いってる」

そうだ、悪《わる》いひとならそんなことをいうはずがない、とスキッパーもうなずきました。

「ちょっと待《ま》てよ……」ポットさんはすこし考えました。「それもへんだな。もしもぼくだったら、会うのがめんどうだと思っている相手《あいて》に、会わないかわりに、家のなかを見せようって気になるかなあ」

スキッパーは、ポットさんのことばをきいて、なるほどと思ってしまいました。会ってもらえないなら、せめて部屋《へや》だけでも見たいというのは、えんりょがちなことばだと、いまのいままで思っていたのです。そのおなじことばが、不自然《ふしぜん》なことばになってしまいました。

けれど、ふたごは納得《なっとく》しませんでした。

「だって、ポットさんは学者《がくしゃ》さんじゃない」

「そう、ポットさんの家は研究室《けんきゅうしつ》じゃない」

この考えにも、スキッパーはなるほどと思ってしまいました。そして、こっそりためいきをつきました。だれかがなにかいうたびに、そのとおりだと思ってしまうのは、自分の考えがないひとのようだからです。

「あら、トワイエさんだわ」

窓《まど》のむこうを見て、トマトさんが立ちあがりました。

トマトさんが扉《とびら》をあけると、すぐに鍋《なべ》を持《も》ったトワイエさんがはいってきました。

「こんにちは、ああ、スキッパーと……、
ええっと……?」

「いまはパンプキン」

「いまはキャロット」

ふたごは自分を指《ゆび》さしていいました。

「パンプキンに、キャロット。

ほう、パセリにセロリ以来《いらい》の、
からだによさそうな、名前ですね。

ああ、トマトさん、この鍋《なべ》をお返《かえ》しします。そう、とっても、おいしいシチューでした。ええ、ごちそうさまでした。ありがとうございます。いつも……」

「いいのよ、ついでなんだから。お茶をのんでいってくれるでしょ」

トマトさんは鍋《なべ》をうけとって、トワイエさんのためにいすをひきました。

「そうだ。トワイエさんの意見《いけん》をきいてみよう」

と、ポットさんがいいました。

トワイエさんならどういうだろうか、とスキッパーも思いました。

「湖《みずうみ》にお客《きゃく》がきているというんだがね」ポットさんがそこまでいいかけて、ふたごのほうを見ました。「きみたちから話したほうがいいな。ぼくの話しかたでは、気にくわんだろうから」

パンプキンとキャロットは、くわしく、そうぞうしく、湖《みずうみ》にきたひとたちのことを話しました。そのあとでポットさんが、ドーモさんからきいた話をしました。子どもをさらうひとがいるらしい、という話です。それから、その湖《みずうみ》にきたひとたちにはあやしいところがあると思う、という考えも説明《せつめい》しました。

「さて、そこで、トワイエさんの意見《いけん》をきかせてもらいたい、というわけなんだ。

どう思う？」

「ううん……、そうですねえ……、そう。まずなによりも、です。湖《みずうみ》の怪獣《かいじゅう》を研究《けんきゅう》している学者《がくしゃ》さんたちが、きているということ！　ぼくは、そのことに興味《きょうみ》を、うん、かきたてられますね。いったい、どんな研究《けんきゅう》をしているんだろう。どんな生活をしているんだろう。どんな……」

スキッパーは顔をかがやかせました。トワイエさんはぼくとおなじ気持《きも》ちだ、と思ったのです。けれど、ポットさんがさえぎりました。

「あのねえ、トワイエさんは、あやしいと思わないのかい？　そのひとたち」

「ああ、ふたごの島《しま》のまん前に、その、テントをはったってこと、ですね。うん、謎《なぞ》ですね。すくなくとも、その島《しま》か、その家か、その家にすんでいるひとの、どれかに関心《かんしん》がある、そういうことでしょうね」

「そうだろ」ポットさんはふたごのほうを見ていいました。「トワイエさんだってそういってる。そのひとたちは、きみたちをねらっているかもしれないって」

ふたごは顔を見あわせました。

「そんなこと、いってないよね！」

「ぜんぜんいわなかったよね！」

「関心《かんしん》があるってことは、ねらっているかもしれないってことじゃないか。用心するにこしたことはないんだ。いいかい！　きみたちだけで会いに行ったりしてはいけないよ」

スキッパーはふたごを見ました。ふたごは、「ほらこうなった！」と、うんざりした顔でスキッパーを見ました。

「それは無理《むり》なんじゃない？」トマトさんがポットさんにいいました。「家の前にテントがあるのよ。いやでも会ってしまうわ」

ポットさんは、あ、と口をあけました。

「……そりゃそうだな。よし、わかった。そのひとたちがどんなひとたちか、ひとつぼくが会ってみよう」

ひとつ ぼくが

トワイエさんがいそいでいいました。

「あ、それなら、ぼくも行きたいです。その、学者《がくしゃ》さんたちに会って、はい、話をききたいです、ええ」

スキッパーは顔をあげました。トワイエさんと目があいました。

「ああ、スキッパーもききたいですよね、学者《がくしゃ》さんたちの話」

スキッパーはいつになく、すぐに大きくうなずきました。

「はい」

「わたしたちもいっしょに行く」

「そう、だって家の前だし」

ふたごもいいました。

「きみたちねえ、そのひとたちを、あやしくないってきめてないだろうねえ」

ポットさんがまゆをよせると、ふたごはわざとらしく顔を見あわせました。

「ポットさんこそきめてるよね」

「あやしいひとって、きめてるよね」

「いや、きめてるんじゃないんだ。あやしいひとだったらいけないから、ようすをさぐりに行くんだ」

トマトさんが首をかしげました。

「ねえ、もしもそのひとたちがあやしくないひとたちだったら、ようすをさぐるっていうの、失礼《しつれい》なことよね」

「失礼《しつれい》じゃないようにさぐるよ」

ポットさんが自信《じしん》なさそうにいいました。どういうふうにようすをさぐるのかはまだ思いついていないようでした。

「いいことを考えたわ」トマトさんがうれしそうにいいました。「みんなで湖《みずうみ》の岸《きし》辺《べ》にピクニックに行くことにするの。それで、たまたま出会ったって感《かん》じであいさつをするわけ」

ポットさんが口笛《くちぶえ》をふきました。

「なるほど！　すばらしい！」

「すばらしいと思ったら、キスしてもいいわよ」

トマトさんがそういったので、ポットさんはいすの上に立ちあがり、トマトさんにキスをしました。

話はすっかりそういうふうにまとまって、みんなでサンドイッチをつくることになりました。

「（なんかおおげさなことになってきた）」

「（これはこれで、おもしろいかも）」

パンプキンとキャロットがささやきあっているのがきこえます。スキッパーは子どもたち三人だけで学者《がくしゃ》さんたちに会うよりは、緊張《きんちょう》しなくていいかなと思ったり、

おとなたちばかりが話をして
つまらないんじゃないかなと心配《しんぱい》したりして、
すっきりしませんでした。

4

失礼《しつれい》にならないさぐりかた

ピクニックのしたくをした六人は、トワイエさんの家の前を流《なが》れる川にそって、湖《みずうみ》へと下《くだ》っていきました。

スキッパーの前を、ふたごが、小石を川にけりこんだり、笑《わら》いあったりしながら、とびはねるように進《すす》んでいきます。後ろにはポットさんとトマトさんとトワイエさんが、あれこれ話しながら歩いています。きき耳を立てているわけではありませんが、スキッパーの耳には、みんなの話がよくきこえました。

「ねえ、ポットさん。ドーモさんは、その、どういったんです？　だれかが、子どもをさらっているところを、見た、とか、ん、さらわれた子どもが逃《に》げてきた、とか……」

トワイエさんが質問《しつもん》をしています。

「いや、そういうふうにはきいていない。子どもがさらわれるということが、あったらしい、という話なんだ」

「つまり、んん、町では、あったらしいと話されている、ということですか」

「そうだよ。話じゃいけないかい？」

「いえ、その、いけないっていうんじゃ、ないんですけど……」

「トワイエさんは」トマトさんの声です。「そんなのは話だけで、子どもをさらうひとなんて、ほんとはいないんじゃないかって、思っているの？」

「いえ、そうじゃなくて、ですね……。ポットさんは、その、学者《がくしゃ》さんたちを、あやしいと思っているでしょう？」

「思ってるよ」

「で、それは、ドーモさんの話を、んん、きいたから、でしょう？」

「そうだな」

「トワイエさんは」と、トマトさん。「うわさ話をきいただけで、ひとを疑《うたが》うのはよくないんじゃないかっていってるのね」

「ええ、つまり、そういうことですね。その、疑《うたが》っているって気持《きも》ちは、そう、相《あい》手《て》に伝《つた》わりますからね。できることなら、んん、気持《きも》ちよく、話をしたほうが……」

「失礼《しつれい》にならないってわけね」

「そ、そうです。失礼《しつれい》にならない」

「わかったよ。失礼《しつれい》にならないようにたずねてみるよ。〝いったいどういう理由《りゆう》で、このようなそうぞうしいところに、研究調査用《けんきゅうちょうさよう》のテントをおはりなのか、ぜひともうかがいたいものですなあ〟こんな感《かん》じでどうだい？」

ポットさんは、とげとげしたいいかたをわざとしました。ふたりがかりで反対《はんたい》されて、気分がよくないのです。

「ねえ、ポットさん」トマトさんがやさしくいいました。「ポットさんは、子どもたちにもしものことがあっちゃたいへんだって思ってるのよね。そのひとたちがあやしいひとであってほしいわけじゃないのよね」

「そうなんだよ。みんなひとがいいからね。この森じゃ、ぼくが心配《しんぱい》しなけりゃ、だれも心配《しんぱい》しないからね。トマトさん、さすがにぼくのことをよくわかってくれているね」

「あ、いえ、ぼくだって、それはわかっていますよ」

「だから、ね、ポットさん」

トマトさんは、さらにやさしくいいました。

「ポットさんはあいさつだけして、だまってるの。で、トワイエさんとわたしがそのひとたちとお話をするのを、観察《かんさつ》するっていうのはどうかしら」

「なるほど。うしろのほうでようすを見ていて、いよいよあやしいとなれば出て行くわけだな」

「そうね、ほんとうにいよいよあやしいとなればね」

むずかしいんだなあ、とスキッパーはためいきをつきました。

「小さいひとはひとりだった」

「ほんとうはふたりだけど、そのうちのひとりは眠《ねむ》っていたのかもしれない」

ふたごのほうは、学者《がくしゃ》さんたちの人数のことを話しています。それにしても、ふたごのいう〈小さいひと〉がどんなひとなのか、スキッパーには見当がつきません。

「起《お》きていたひとがドコカくんなら、眠《ねむ》っていたひとは、ココカくんかもしれない」

「ソコカくんかもしれない」

「アソコカくんではないと思う」

「ナゼカくん」

「ドウカくん」

よく思いつくなあ、とスキッパーは思いました。

やがて川のむこうに湖《みずうみ》が見え、それからしばらく歩くと、白っぽいテントが見えてきました。なるほど、ひとりが横《よこ》になるのにちょうどいいくらいのテントです。

きゅうにふたごが立ち止まって、みんなが追《お》いつき、ひとかたまりになりました。

「(どうしたんだ?)」

ポットさんが小声でたずねると、パンプキンが指《ゆび》さしました。

「(あそこに、立ってる)」

キャロットもささやきました。

「（あれが、姿《すがた》を見せていたほうのひと）」

岸辺《きしべ》にひとりの男のひとが立っていました。むこうをむいて、顔に手をあてているように見えます。

「（なにをしてるんだろう）」

腕《うで》を組んだポットさんに、トワイエさんが、いいました。

「（あれは、おそらく、双眼鏡《そうがんきょう》で、湖《みずうみ》を観察《かんさつ》、というか、調査《ちょうさ》を、しているのではありませんか？）」

湖《みずうみ》の岸辺《きしべ》にテントをはり、双眼鏡《そうがんきょう》で観察《かんさつ》をしている——。なんてすてきなんだろう、とスキッパーは胸《むね》をときめかせました。けれどポットさんはこういいました。

「（調査《ちょうさ》のふりをしているのかもしれないぜ）」

「（ポットさん、そんないいかたは、あやしいときまってからにしてちょうだい）」

トマトさんがたしなめました。くっくっく、とふたごがいっしょに笑《わら》いました。

「（なんなの？）」

トマトさんがたずねました。

「（こうしてみんながかたまって、ささやきあってるのって……）」

「（秘密《ひみつ》のあつまりみたいでおもしろい……）」

ふたごが笑《わら》いながらいいました。そういわれればそうだなと、スキッパーも思いました。

「（さあ、いくわよ）」トマトさんは気をとりなおすようにいって、歩きだしました。

「（わたしたちはピクニックにきているのよ。ピクニックらしくね）」そこまでが小声で、きゅうにふつう以上《いじょう》の大きさの声にかえました。

「さすがに六月ともなると、すこし歩くと汗《あせ》ばむわねえ」

すかさずトワイエさんも、わざとらしい声で続《つづ》けます。

「そ、そうそう。風もありませんし、ね。お!?　あんなところにテントがある！」

トワイエさんは、この声で男のひとにふりかえってもらいたかったのです。そうすれば、「こんにちは」といえると思ったのです。けれど男のひとはふりかえらず、じっと双眼鏡《そうがんきょう》をのぞきこんでいました。

「(観察《かんさつ》に熱中《ねっちゅう》していて、気がつかないのね)」

トマトさんが小声でいうと、

「(気がつかないふりをしているだけかもしれないぜ)」

ポットさんも小声でいいかえしました。

「(なんのためにそんなことをするのよ)」

トマトさんがたずねています。ポットさんが返事《へんじ》をしないところをみると、理由《りゆう》を思いつけなかったようです。

「ほ、ほらほら、こんなところに、こんなテントが、ええ、ありますね」

さっきのことばから、ずいぶん間のぬけたタイミングで、むりやりのようにトワイエさんがいっています。もうそのときには、みんなはテントのすぐそばまできていて、男のひとともすこししかはなれていませんでした。こんどは気がつきました。

おどろいてふりかえり、

「あっ、や、これは……」

と、口ごもる男のひとに、みんなが口ぐちにあいさつしました。

「こんにちは」とか「いいお天気で」などの声がおさまったところで、トワイエさんが一歩前に出ていいました。

「ぼくたちは、その、このあたりにすんでいるものです……」

そこまできくと、男のひとはきゅうにうれしそうな顔をしました。

「おお、これは、これは……、では、このなかに、バーバ先生がいらっしゃるのですか？」

ここでこたえるのはぼくだ、とスキッパーが思ったときには、もうトマトさんがしゃべっていました。

「まあ、バーバさんをごぞんじなの？」

ポットさんが横目《よこめ》でトマトさんを見あげました。

「(ごぞんじじゃないから、このなかにいらっしゃるのかどうかをたずねたんじゃないかい)」

男のひとには、ポットさんの小声がちゃんときこえたようでした。

「ああ、そうです。わたしはバーバ先生のお名前と、書かれた本と、この森にすんでらっしゃるかただということしかしらないんです。では、ここにはいらっしゃらないんですね。ああ、そうだ、自己紹介《じこしょうかい》をしなければなりません。わたしはイツカといいます。湖《みずうみ》の、怪獣《かいじゅう》と呼《よ》ばれている生《い》き物《もの》の調査《ちょうさ》、研究《けんきゅう》をしています。この湖《みずうみ》をしらべにきました」

トマトさんが思わず声をあげました。

「まあ、この湖《みずうみ》に怪獣《かいじゅう》がいますの?」

イツカはひかえめに笑《え》みをうかべました。

「いるかどうかはわかりません。ですが、しらべてみる、というのが学者《がくしゃ》です」

「イツカさんはどうやって、おしらべになるの?」

トマトさんが、スキッパーのききたかったことをたずねてくれました。

「そう、まず、水辺《みずべ》や水面《すいめん》の観察《かんさつ》です。水の底《そこ》にしずんでいるものをしらべることもします。そしてそのあたりにすんでいるひとの話をきく。そのためにわたしは、家があればその近くにテントをはるんです。たいてい声をかけてくださいます。湖《みずうみ》に怪獣《かいじゅう》がいるかどうか、またそんな昔話《むかしばなし》、うわさ話がないかどうか、きくことができますからね」

「ああ、そうだったんですか。それで、ここに……」

トマトさんがうれしそうにうなずいて、ポットさんのほうを見ました。でも、ポットさんはまだ腕《うで》を組んだままです。イッカは続《つづ》けました。

「こんなにたくさんのひとに声をかけてもらって、今回は幸運《こううん》です。もし、よろしければ、そういったお話をきかせていただけないでしょうか」

腕《うで》を組んでいるポットさんをほうっておいて、トマトさんはにこやかにいいました。

「まあまあ、
そういうことでしたら、
しっていることはみんな
お話ししますわよ。
怪獣《かいじゅう》はいないと思いますけれどね。
でも、それよりも、
もしよろしければごいっしょに、
サンドイッチでもめしあがりません？
わたしたち、
ピクニックにきたところなんです。
ね？　ごいっしょに」
「（おさそいするかたがほかにも
いらっしゃるんじゃないかい？）」

ポットさんがささやきました。
「おつれのかたもどうぞごいっしょに」
トマトさんがつけくわえました。
イッカは首をふりました。
「いいえ、ひとりできました」
ふたごはだまっていられませんでした。
「へん、へん。
話《はな》し相手《あいて》がもうひとりいるはず」
「ドコカというひとが、
いっしょにいるはず」
イッカは「あ」という顔をしました。

「ほら、おどろいた」

「おどろいたのが、いる証拠《しょうこ》」

「どうして、ドコカのことを、おじょうさんがたはごぞんじなんです？」

イツカは目をぱちぱちとさせました。

「わたしたち、そこの島《しま》にすんでる」

「きのうの夜、ふたりで話しているのがきこえた」

イツカは「お」という形に口をあけ、二度三度《にどさんど》うなずきました。

「わたし、そんなに大きな声で話してましたか。あの島《しま》まできこえるほど。いや、これは失礼《しつれい》しました」

ふたごはすこし顔を赤らめて空などを見ました。ほんとうはこっそりしのびよってぬすみぎきをしていたからです。

「では、ドコカさんとおっしゃるかたも、おいでなんですか？」

トマトさんが首をかしげてたずねました。

「ええ、まあ……」

イツカはあいまいにうなずきました。

「(どうしてひとりできたっていったんだ?)」

ポットさんのささやき声は、ちょうどみんなだまりこんだところでしたから、しっかりきこえました。そこでみんなはもっとだまりこんで、ちらちらと顔を見あわせました。

「わかりました」

イツカがうなずきました。そして、テントにむかっていいました。

「ドコカ、出ておいで」

テントの、巻《ま》きあげられた出入り口から、いっぴきの、小さな動物《どうぶつ》が出てきました。

「あっ!」

「おっ!」

「まあ！」
「きゃっ！」
「カワウソだ！」
「ほんとだ、カワウソです！」
「カワウソ!?」
カワウソは、
背《せ》をやや持《も》ちあげるようにして、
テントから一直線に
イッカの足もとに進《すす》むと、
そこで後ろ足と尾《お》で立ちあがって、
みんなを見ました。
「これが、……ドコカ、ですか？」
トワイエさんがたずね、イッカがうなずきました。

「そうです。これが、ドコカです」

ふたごがぷるぷると首をふりました。

「でも、しゃべりあっていた！」

「カワウソは、しゃべらない！」

イッカは肩《かた》をすくめ、にっこり笑《わら》って、
自分のひざくらいの高さにあるドコカの頭をかるくなぜました。

「ドコカ、カワウソはしゃべらないんだって」

カワウソは頭をひねってイッカを見あげ、口を動《うご》かしました。

「しゃべるカワウソだって、いますよね」

みんなは息《いき》をのみました。

「ええっ!?　まさか!?」

「カワウソが!?　しゃべった!?」

「あの声だった！」

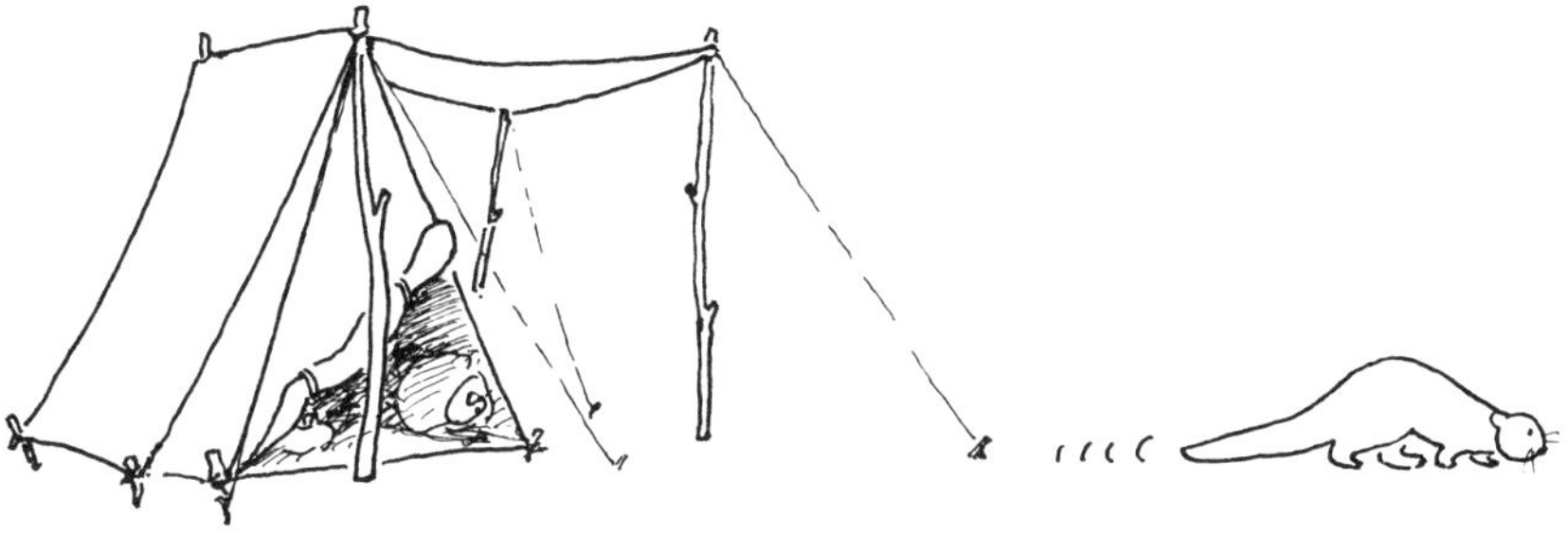

「そう、いまの声が、きのうの夜の声！」

カワウソが立ったまま一、二歩前に出て、小さな水かきのある短《みじか》い手をせいいっぱいに広げると、みんなは静《しず》まりかえって見つめました。カワウソは、そりかえっていいました。

「ご紹介《しょうかい》します。しゃべるカワウソ、ドコカの友人、腹話術師《ふくわじゅつし》、プロフェッサー・イッカ！」

おどろいているみんなに、イッカがいいました。

「そうなんです。わたしは腹話術師《ふくわじゅつし》でもあるんです」

「腹話術《ふくわじゅつ》!? うそだろ！」ポットさんは思わず大きな声を出してしまいました。

「だって、いま、カワウソの口が動《うご》いて、声が出たぜ」

「腹話術《ふくわじゅつ》!?」パンプキンもいいました。「もういちどやってみせて」

「腹話術《ふくわじゅつ》!?」キャロットもいいました。「どうやってやるの？」

カワウソは、耳のうしろをポリポリとかいて、いいました。

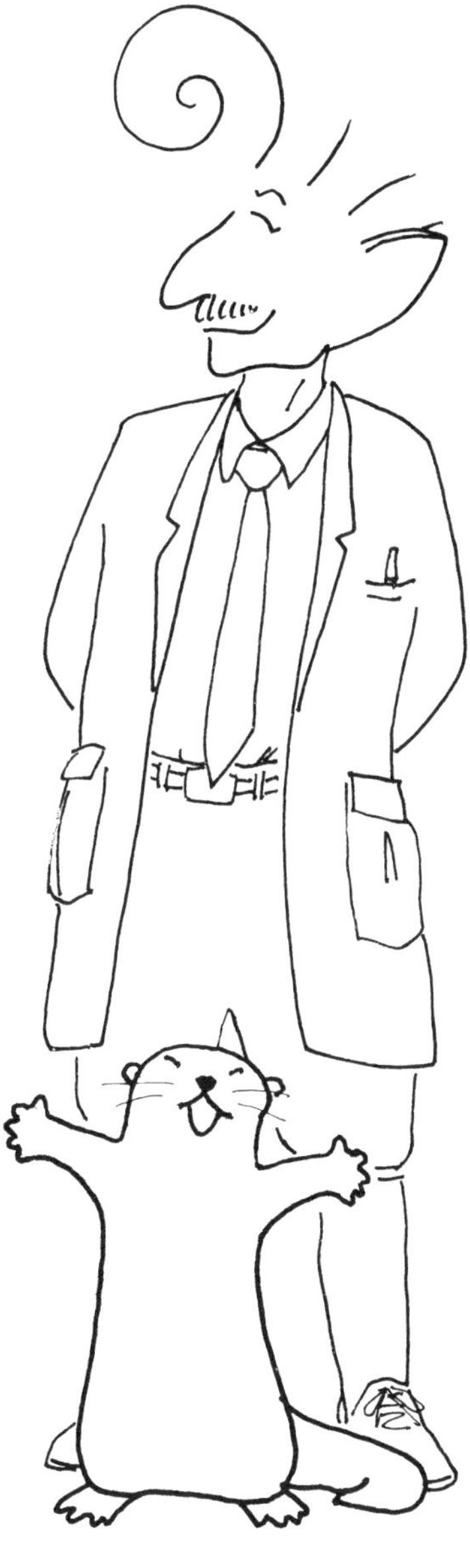

「こりゃ、こまったことになりましたね」

「すごい！　ほんとにしゃべってるみたい！」

トマトさんのことばに、全員《ぜんいん》うなずきました。

「ど、どうして、腹話術《ふくわじゅつ》をなさるかたが、んん、学者《がくしゃ》さんなんですか？」

トワイエさんがたずねると、イツカはこまったように笑《わら》いました。

「いや、たいくつな話ですよ」

トワイエさんは一歩前に出ました。

「いえ、いいえ、その、たいくつだなんてとんでもない。もしよろしければ、腹話術《ふくわじゅつ》のことや、怪獣《かいじゅう》のことについて、そう、その、ゆっくりと、お話を、きかせてくださいませんか。ええ、もちろん、その、湖《みずうみ》の話も、わたしたちの、そう、しっているることはなんでもお話ししますから」

トワイエさんの熱意《ねつい》におされたように、イツカはうなずきました。

「そうですか……。ああ、そうですね。こんなに天気のいい昼間に怪獣《かいじゅう》が出てくる例《れい》は、あまりききませんから、ピクニックをごいっしょさせてもらいましょうか」

カワウソがイッカを見あげて、

「ピクニック、ピクニック」

と、いいました。

スキッパーは、カワウソとイッカをかわるがわる見て、いいなあと思いました。湖《みずうみ》の怪獣学者《かいじゅうがくしゃ》というだけでもすてきなのに、腹話術《ふくわじゅつ》ができて、こんなに気のあうカワウソまでいるのです。

——イッカさんはどんな話をしてくれるんだろう。

わくわくする気《き》持《も》ちをおさえきれませんでした。

5

食事《しょくじ》の前のお話

まず、すわるところをつくりました。ポットさんが持《も》ってきた布《ぬの》と、イッカがテントのなかから出してきた布《ぬの》をひろげ、荷物《にもつ》をおき、火をたきつけ、ふたごが巻貝《まきがい》の家からとってきたやかんをかけました。

これからはじまる話を期待《きたい》しているのはスキッパーだけではないようでした。けれど、ポットさんだけはにこにこしていないことに、スキッパーは気づきました。まだイッカを疑《うたが》っているようなのです。ようやく用意《ようい》が整《ととの》って、みんなが布《ぬの》に腰《こし》をおろしたときも、ポットさんだけ、布《ぬの》からはずれた地面《じめん》にすわりこみました。

トワイエさんがいいました。

「その、イッカさんの、ですね、お話をうかがう前に、かんたんに、ええ、わたしたちの紹介《しょうかい》をしておいたほうが、いいですね。こちらから、トマトさん……」

トワイエさんがひとりひとり紹介《しょうかい》していくと、イッカはそのたびに「よろしく」と、笑顔《えがお》でかるく頭をさげました。スキッパーがバーバさんとくらしているときくと、目を大きくしてうなずきました。その目に、尊敬《そんけい》と親しみがこめられていたので、スキッパーはちょっとうれしくて、ちょっとはずかしい気分でした。

「では、イッカさんに、ええ、お話をしていただきましょう」

トワイエさんがそういったとたんに、ふたごが口をひらきました。パンプキンはこういいました。

「腹話術《ふくわじゅつ》のときに、カワウソの口が動《うご》くのはなぜ？　どう見てもカワウソがしゃべってるみたい」

キャロットがこういいました。

「怪獣《かいじゅう》の学者《がくしゃ》だったら、いままでに怪獣《かいじゅう》を何びき見た？」

パンプキンがなおしました。

「怪獣《かいじゅう》は何びきではなく、何頭が正しい」

「ええ、その、そういうこともふくめて、んん、お話ししていただきましょうね。はい。では、おねがいします」

トワイエさんにうながされて、イッカはうなずきました。そして話しだす前に、イッカのくつのひもで遊《あそ》んでいるカワウソに、テントを指《ゆび》さしていいました。

「ドコカくん、きみはテントのなかへお昼寝《ひるね》をしに行ってもいいよ」

カワウソはすこし首をかしげてイッカを見てから、小走りにテントのなかに消《き》えました。イッカのことばがちゃんとわかったように見えました。スキッパーは、イッカの話もききたいけれど、カワウソのようすも見ていたい、と思っていたので、残念《ざんねん》だと思いました。けれど、気をちらさずにイッカの話をきけるからいいや、と思うことにしました。

「おもしろい話じゃないと思いますが、興味《きょうみ》を持《も》っていただきましたのでお話しします」

イッカはそう前おきしてから、話しはじめました。

「なぜわたしが湖《みずうみ》の怪獣《かいじゅう》の学者《がくしゃ》で、腹話術師《ふくわじゅつし》なのか。それをお話しするには、いちばん古い記憶《きおく》からはじめなければなりません。

いちばん古い記憶《きおく》のうちで、はっきりとほんとうのことは、八才かそこらの年のわたしなんです。からだじゅうにけがをして、ボロボロになった服《ふく》で、ある湖《みずうみ》に近い宿屋《やどや》の前に立っていたという場面《ばめん》でしてね。それより前の、はっきりとした記憶《きおく》は、ないんです。記憶《きおく》を失《うしな》ってしまう、ということをおききになったことがおありでしょうか。わたしがそうだったんです」

おもしろい話じゃないとイッカはいいました。でも、話のはじまりから、みんなはひきこまれてしまいました。

「宿屋《やどや》のご主人《しゅじん》とおかみさんは、そんなわたしをそのままにしておくこともできなかったのでしょう。手当てをしてくれ、食べるものと着《き》るもの、寝《ね》るところをくださいました。

ちょうどそこにいあわせたひとが、その前の日にわたしを見かけていたらしいんです。わたしが父親と母親らしいひとたちと三人で歩いているのを見たといいましたから、その親がやがてさがしにくるだろう、ひきとりにくるまで世話《せわ》をしてやろうと、考えてのことだったと思います。

ところが二日たち、三日たち、
一週間がすぎても、だれもわたしを
さがしにきませんでした。
いつまでもやっかいになっている
わけにもいかず、わたしは
宿《やど》の仕事《しごと》を手伝《てつだ》うようになりました。
子どもながらも、けっこういい働《はたら》き
をしたんじゃないかと思います。
というのは、それまで仕事《しごと》をしに
きていたひとがこなくなりましたから。
仕事《しごと》はたくさんあって、
休みたくても休むひまもありませんでした。
宿屋《やどや》は、入り口をはいったところが

お酒《さけ》をのませたり食事《しょくじ》をさせたりするところで、二階《かい》に四部屋《へや》客室《きゃくしつ》がありました。

どちらかというと、泊《と》まらないでのんだり食べたりだけ、の客《きゃく》のほうが多かった。

夜になると村のひとたちがやってきて、ひといきつくんです。

泊《と》まるのは、旅《たび》をしているひとでした。行商《ぎょうしょう》のひととか運送《うんそう》のひと、そしてたまに旅芸人《たびげいにん》。

あるとき、旅《たび》の腹話術師《ふくわじゅつし》が泊《と》まったんです。それは宿屋《やどや》で二年ほどすごしたころでした。

わたしが腹話術師《ふくわじゅつし》のカバンを
持《も》って客室《きゃくしつ》に案内《あんない》すると、
腹話術師《ふくわじゅつし》はわたしを
頭のてっぺんから足の先まで見て、
こういいました。
『ぼうず。こんな声を出してみろ。
コンニチワ』」
コンニチワの声は、
カワウソのドコカの声とちがって、
不自然《ふしぜん》な高い声でした。
とつぜんの奇妙《きみょう》な声に、
話にききいっていたみんなは、
話の世界《せかい》からひきもどされた

ような気がして、
すこしからだを動《うご》かしました。
「わたしはすこしおもしろくなって、
そっくりの声を出してやりました。
すると腹話術師《ふくわじゅつし》は
『まあいいか』
とうなずいて、
わたしの身《み》の上《うえ》や、
からだがじょうぶかどうかを
たずねました。
わたしはこたえました。
そして運命《うんめい》のページが、
またねくられたわけです。

つぎの日の朝、宿屋《やどや》の主人《しゅじん》がわたしに、
ベントさんについて行け、
といいました。
腹話術師《ふくわじゅつし》の名前は、
そのときにはじめてききました。
そういうふうに話がまとまった
と宿屋《やどや》の主人《しゅじん》がいうんです。
おそらく身《み》のまわりの世話《せわ》と
芸《げい》の助手《じょしゅ》をする子どもがほしくて、
腹話術師《ふくわじゅつし》がわたしを、宿《やど》の主人《しゅじん》から
買ったんだと思います」

買った、ということばに
トマトさんは息《いき》をのみ、

ポットさんはきびしい顔で
すわりなおしました。
「ベントさんとの旅《たび》の生活は、
宿屋《やどや》のくらしにくらべると、
ずっと変化《へんか》のあるものでした。
けれど休むひまがないという
ところはおなじです。
舞台《ぶたい》に出ていないときは
ひまだろう、と思われる
かもしれません。けれど
そんなときは、腹話術《ふくわじゅつ》の訓練《くんれん》や、
読み書きの勉強《べんきょう》を
しなければならなかったのです。

ベントさんの舞台《ぶたい》は
とても独特《どくとく》なものでした。たとえば、
わたしそっくりの人形をつくる。
ベントさんがつくるんです。
で、それを相手《あいて》に腹話術《ふくわじゅつ》をしていて、
終《お》わるとトランクに人形をいれる。
出してくれ、暗《くら》いよ、という声に
もういちどトランクをあけると、
生きたわたしがとび出して逃《に》げていく。
　あるいは、人形が、
自分は目かくしをされても
心の目でまわりが見える、と自慢《じまん》する。
それでは試《ため》してみよう

ということになる。そこで、
助手《じょしゅ》のわたしが、
まず人形に目かくしをする。
観客《かんきゃく》がカードに文字を書く。
それを人形が、悩《なや》んだ末《すえ》にあてる。
これはふしぎでもなんでも
ありませんね。だって人形の声は、
目が見えているベントさんが
出しているんですから。
観客《かんきゃく》は笑《わら》いながらそれを見ている。
ギャグだと思ってるんですね。
人形は笑《わら》われておこる。
観客《かんきゃく》になぜ笑《わら》うんだとたずねるわけです。

すると観客《かんきゃく》が、ほんとはベントさんがしゃべってるんだから、ぜんぜんふしぎではないとこたえる。ではベントさんにも目かくしをしよう、と人形が提案《ていあん》する。ベントさんは、そんなことはしないほうがいい、とあわてる。けれど人形にいいまかされて、ベントさんも目かくしをすることになる。わたしがするんです。

で、観客《かんきゃく》がカードに文字を書く。

すると、人形がそれをあてる。

拍手《はくしゅ》かっさいの中、幕《まく》、というわけです。

おわかりですね。

そう、目の見えている助手《じょしゅ》のわたしが、
人形の声を出していたんです。
　読み書きは、その芸《げい》だけのために
勉強《べんきょう》させられたのではありません。
ベントさんはあまり目がよくなかった。
だから旅《たび》の案内書《あんないしょ》とか出演契約書《しゅつえんけいやくしょ》とか、
ぜんぶわたしが読みました。
この勉強《べんきょう》は実《じつ》にありがたかったです。
のちになってベントさんとわかれたあと、
わたしがひとりだちするためにも、
さらにのちになって
怪獣学者《かいじゅうがくしゃ》を志《こころざ》すときにも、
読み書きができなければ、どうだったでしょう。

そう、ベントさんとは、はじめから、
ずっといっしょにやっていく、
という約束《やくそく》ではなかったんです。
わたしが子どもっぽいからだつきを
しているあいだだけ、という
とりきめをしていました。
だからそのあいだに
腹話術《ふくわじゅつ》の技術《ぎじゅつ》を身《み》につけ、
読み書きができるようになっていれば、
わかれたあとも自分で舞台《ぶたい》に立ち、
食べていける。そういわれていました。
ですからひっしで勉強《べんきょう》しましたよ。
五年がすぎ、

わたしは独立《どくりつ》することになりました。
腹話術《ふくわじゅつ》の腕《うで》はなかなかの
ものになっていたと思います。
けれども芸《げい》というものは、
それだけではだめなんです。
なにか特別《とくべつ》なふんいき、
ひきつけるもの、
はなやかさとかふしぎさとか、
そういうものが必要《ひつよう》なんです。
けれどわたしにはそれはなかった。
ですから、腹話術《ふくわじゅつ》だけで食べていく
わけにはいかなかったんです。
でもほかの旅芸人《たびげいにん》たちと

顔見知りになっていましたから、
軽わざの手伝《てつだ》いをしたり、
奇術《きじゅつ》の司会《しかい》や助手《じょしゅ》をしたりして、
なんとか食べさせてもらっていました。
軽わざの手伝《てつだ》い？
ああ、わたしはこれでけっこう
力持《ちからも》ちでしてね、ほら、
三段《さんだん》の肩車《かたぐるま》の土台役《どだいやく》とか、できたんですよ。
もっとも、力だけじゃできませんがね。
奇術《きじゅつ》のほうですか？
かんたんな手品《てじな》ぐらい
ならできたんです。
それが二十年も続《つづ》いたでしょうか。

ある動物《どうぶつ》ショーの、
ああ、それは犬が玉乗《たまの》りをしたり
猫《ねこ》が棒《ぼう》わたりをしたりするショーなんですが、
それの手伝《てつだ》いをしているときに、
いっぴきのカワウソと出会ったんです。
どういうわけか
わたしはカワウソと気が合って、
出会ったときから仲良《なかよ》くなれました。
そのカワウソと遊《あそ》んでいるうちに、
すごいことを発見《はっけん》したんです。
カワウソがわたしの顔をじっと見ていて、
わたしのまゆがあがると口を動《うご》かすんです。
おわかりでしょう。

カワウソとわたしはショーの花形《はながた》になったんです。だれの目にもカワウソがしゃべっているように見えました。声が出ているときに口が動《うご》くんですからね。わたしとカワウソは見つめあい、わたしはまゆをあげさげしながら腹話術《ふくわじゅつ》で語り、自分のセリフはまゆを動《うご》かさずにしゃべりました。気のきいたセリフをカワウソがしゃべり、無表情《むひょうじょう》なわたしをやりこめるという筋書《すじが》きでした」

「でも、さっきは……」

「そう、さっきカワウソは……」

ずっと話にひきこまれていたふたごが、とつぜん口をはさみました。けれどイッカはうなずきました。

「そう、よく見ていましたね。パンプキンにキャロット。みなさんがごらんになったカワウソは、わたしの顔を見ずに口を動《うご》かしていたんです。でもまだそれは先の話」

みんなは、そうだったっけ、いや、そういわれればそうだった、などと顔を見あ

わせました。それから目をイッカにもどしました。

「動物《どうぶつ》ショーのカワウソとは五年間いっしょに舞台《ぶたい》に立ちました。カワウソは人間のようにながく生きるわけにはいきません。年をとって、死《し》んでしまったんです。幸《さいわ》い、花形《はながた》になったおかげでたくわえもすこしはできましたから、そのカワウソが死《し》んだのをきっかけに、わたしはひとりでやっていくことにしました。カワウソの子どもを相棒《あいぼう》に育《そだ》ててあげることにしたのです。

いまのわたしの相棒《あいぼう》のドコカは、三代目《さんだいめ》です。ドコカは天才です。わたしの心を読んでいるんじゃないかと思います。わたしがまゆを動《うご》かさなくても、ドコカがよそを見ていても、わたしがドコカの声を出せば、ほぼぴったりことばにあわせて、口を動《うご》かすことができるのです。学者《がくしゃ》の立ち場でいうと、おそらくわたしは腹話術《ふくわじゅつ》の声を出す直前に、特別《とくべつ》な音を出しているんじゃないかと思います。大声を出す前に息《いき》を吸《す》うように。ドコカはそれをききつけるのじゃないか、というのがわたしの考えです。いや、もしかすると、ほんとうにわたしの心を読んでいるのかもしれませんがね。

わたしはドコカと出会って、とても余裕《よゆう》のあるくらしができるようになりました。泊《と》まるのも風呂場《ふろば》のある部屋《へや》です。ドコカは浴槽《よくそう》に水を入れて遊《あそ》ぶのが大好《だいす》きですから。大きな町でショーをする。ショーはたいてい夕方からあと。昼間はひまができる。大きな町には図書館《としょかん》がある。あるとき、わたしは図書館《としょかん》に出かけました。子どものころからしらべたいことがあったんです。

湖《みずうみ》の怪獣《かいじゅう》のことです。

なぜ湖《みずうみ》の怪獣《かいじゅう》のことをしらべたかったか。といいますのも、宿屋《やどや》のご主人《しゅじん》とおかみさんに、ずっといわれ続《つづ》けていたことがあったんです。『おまえの父親と母親は、湖《みずうみ》の怪獣《かいじゅう》につれていかれたにちがいない』そういわれていたんです。ずっと。

その宿屋《やどや》が大きな湖《みずうみ》のそばにあったことはいいましたっけ？　そう、その湖《みずうみ》に怪《かい》獣《じゅう》が出るっていう話があったんです。それに、思い出してください。わたしがまるでなにかにおそわれたみたいに傷《きず》だらけでボロボロの服《ふく》だったこと。よほどおそろしいことがあったらしく記憶《きおく》を失《うしな》っていたこと。そういうことから、両親《りょうしん》は湖《みずうみ》の怪《かい》獣《じゅう》につれていかれたんだろう、わたしだけが逃《に》げだせたんだろうって、ご主人《しゅじん》とおかみさんは考えたんですね。

そんなことがあるんだろうか。ほんとうに湖《みずうみ》の怪獣《かいじゅう》がいるんだろうか。ずっとわたしはそのことを考え続《つづ》けていたんです。そこへ自由《じゆう》な昼の時間と図書館《としょかん》です。図《と》書館《しょかん》には本があって、どんなことでもしらべられるらしい。それでしらべようって思ったんです。子どものころ、読み書きの勉強《べんきょう》をしていなければ、そんなことは思いつかなかったでしょう。ベントさんのおかげですね。

しらべてみると、ずいぶんたくさんの本がありました。けれどどの本も、けっきょくのところ怪獣《かいじゅう》がいるのかいないのかってところで、はっきりしないんです。そうか、はっきりしていないのか、それならわたしが調査《ちょうさ》してやろう、研究《けんきゅう》してやろう、そう思いました」

そこでイツカはみんなの顔を見まわしました。

「そう決心《けっしん》したのが五年前です。ですからわたしは学者《がくしゃ》といっても、まだひよこです。いえ、ひよこの前の卵《たまご》かもしれない。大学とか研究所《けんきゅうしょ》で勉強《べんきょう》したわけでもない。えらい先生についていたわけでもない。まったく素人《しろうと》で、論文《ろんぶん》のひとつも書きあげていない。ただ、ショーとショーのあいだに休暇《きゅうか》をとって、あっちの湖《みずうみ》、こっちの湖《みずうみ》と調査《ちょうさ》をしている、そういう学者《がくしゃ》なのです。さっきおじょうさんにたずねられましたが、まだいちども怪獣《かいじゅう》に出会ったことはありません。湖《みずうみ》の怪獣《かいじゅう》なんていないというひともいます。でも、わたしはそういうふうには思いたくないのです。わたしは怪獣《かいじゅう》がいることをたしかめたいのです」

ことばに力がはいりすぎたのをはじるように、イッカはそこで話をやめ、目を落《お》としました。

――すごいな、すごいな……

と心のなかでつぶやきながら、スキッパーは話をきいていました。物語《ものがたり》に出てくるひとが、目の前にすわっているような気分でした。

静《しず》かになると、やかんの湯気《ゆげ》の音がきこえました。すっかりわいているようです。
たき火の火は、もう小さくなっていました。

6

食事《しょくじ》のあとのお話

食事《しょくじ》は、ハムとトマトとレタスのサンドイッチ、そしてあたたかい紅茶《こうちゃ》です。食べながらみんなは、湖《みずうみ》についての情報《じょうほう》をイッカに話すことにしました。イッカは緑色《みどりいろ》のノートと青く塗《ぬ》られた鉛筆《えんぴつ》をとりだして、メモしながら話をききました。

おもに二本の川がこの湖《みずうみ》にそそぎこんでいること、一本の川から水が流《なが》れ出《で》て行くので水位《すいい》はほぼかわらないこと、湖《みずうみ》の西のほうはこちら側《がわ》とちがっていりくんでいて、ユラの入江《いりえ》と呼《よ》ばれるところがあること、湖《みずうみ》の中央《ちゅうおう》の深《ふか》さはわからないけれど、そうとう深《ふか》いらしいこと……。

どんな魚がいるかということについては意見《いけん》がわかれました。

「この湖独特《みずうみどくとく》のマスが、ええ、いるんです。そうですよね、ポットさん」

手で大きさをしめしながらトワイエさんがいうと、ポットさんはうなずきました。うなずいただけでしゃべりません。あれだけ話をきいたのに、まだイッカのことを疑《うたが》っているのだろうか、とスキッパーは思いました。

「もっと大きな魚がいる！」

「そう、このくらいの！」

パンプキンとキャロットが、両手《りょうて》を大きく広げました。

「ああ、イッカさん」トワイエさんがひかえめにいいました。「この女の子たちのいうことが、その、科学的《かがくてき》ではないかもしれない、ということを、ええ、おぼえておいてくださったほうが、いいかもしれませんね」

「まっ！」

ふたごは声をそろえました。

「見たっていってやってよ、スキッパー」

「見たよね、スキッパー」

話にひきだされて、スキッパーもいわないわけにはいかなくなりました。

「見ましたけど、あれは水《みず》の精《せい》だったかもしれません」

それをきいて、こんどはトマトさんが、「まっ！」と、いいました。

「男の子も科学的《かがくてき》ではないかもしれないわ」

科学的《かがくてき》ではないといういわれかたは、スキッパーにはおもしろくありませんでした。でも水《みず》の精《せい》なんて、見たひとでなければしんじられないだろうな、とも思いました。だまっているスキッパーにかわって、ふたごが反論《はんろん》してくれました。

「トマトさんは水《みず》の精《せい》がいないと思っている！」

「でも水《みず》の精《せい》はいる！」

「そう、わたしたちは出会った！」

「スキッパーは石をもらった！」

「そう、それが証拠《しょうこ》！」

「そう、証拠《しょうこ》！」

トワイエさんがうなずいて、ふたごをなだめました。

「ええ、ええ、いるかもしれません。なにしろ、んん、湖《みずうみ》は、その、深《ふか》いんですからね、湖《みずうみ》に伝《つた》わる話としては、ですね、怪獣《かいじゅう》の話も、ええ、ないわけでは、ないんです。そうですね、ポットさん」

ポットさんは、きみから話せ、とトワイエさんに手でしめしました。トワイエさんがしたのは、こんな話です。

昔《むかし》、この森にふしぎなきのこがあって、それを町のひとがとりにきたときのこと。雨がふりだしたので帰ろうとして、湖《みずうみ》のそばを通りかかった。すると、きゅうにつれていた犬がおびえて、きのことりの服《ふく》にかみついて湖《みずうみ》からひきはなそうとする。どうしたのかと思っていると、とつぜんあたりに水草のようなにおいがたちこめ、ふりかえると、湖《みずうみ》に巨大《きょだい》な怪獣《かいじゅう》が首だけ出していた――というのです。

「ぼくの想像《そうぞう》では、ですね」とトワイエさんはつけくわえました。「この、ふしぎなきのこ、というのが、んん、みょうな幻《まぼろし》を見せる類《たぐい》のものだったのでは、とですね、思うんですよ。きのことりは、きのこのせいで、幻《まぼろし》を見た、ということなんじゃないでしょうか」

イツカは興味深《きょうみぶか》そうに、ノートにメモをとりました。

そのあたりで食事《しょくじ》は終《お》わり、紅茶《こうちゃ》をいれなおしました。

いままでずっとテントのなかにいたカワウソのドコカが、ちょこちょこと出てきて、イッカを見あげました。

「ああ、わたしたちの食事《しょくじ》は終《お》わった。きみも食事《しょくじ》をしておいで。わたしのぶんはいらないよ」

カワウソはイッカのことばがちゃんとわかったように見えました。イッカが湖《みずうみ》を指《ゆび》さしたのでわかったのかもしれません。とっとっとっと水辺《みずべ》まで進《すす》むと、すべりこむように水の中にはいり、見えなくなってしまいました。

「まあ、さすがはカワウソね。自分で魚をとりに行くわけね」

トマトさんが感心《かんしん》すると、イッカはほほえみました。

「ええ、でも子どものころからひとに育《そだ》てられたカワウソは、はじめは水にはいるのもこわがるんですよ。水たまりで遊《あそ》ぶことからはじめて、浴槽《よくそう》にはなしたウナギをとらせ、練習《れんしゅう》していくんです」

そのあとカワウソの話になりました。子どものころはミルクで育《そだ》てるのだとか、おとなになっても遊《あそ》ぶのが好《す》きで、ゴムまりだとか石ころだとか気にいったものを手放《てばな》さず、いつまでも手遊《てあそ》びするとか、スキッパーにも興味深《きょうみぶか》い話でした。

ふたごが水辺《みずべ》にカワウソをさがしに行って静《しず》かになり、ふと話がとぎれたあと、トマトさんがえんりょがちにたずねました。

「あの……、湖《みずうみ》の怪獣《かいじゅう》がいないと思いたくないって、おっしゃいましたわね。それはやはり、ご両親《りょうしん》のことと、関係《かんけい》があるんでしょうか」

イツカはトマトさんをすこし見つめました。トマトさんはあわてててつけくわえました。

「いえ、たちいったことをいってしまってごめんなさい。特《とく》にきかせてもらいたいというわけでもないんです」

イツカもあわてていいました。

「いえいえ、話したくないというわけではありません。どうしてそれがわかったんだろうと、すこしおどろいただけなんです。そうです。おっしゃるとおりなんです。

つまり、湖《みずうみ》の怪獣《かいじゅう》がいないとなれば、わたしの親がわたしをむかえにこなかった理《り》由《ゆう》は、ほかにあることになります。それを考えるのがこわいんです。わたしにはふたつしか考えられなかった。ひとつは、親がだれかにつれさられたか、もっとひどいことになったということ。もうひとつは、親が、わたしを捨《す》てた、ということです」

トマトさんがからだをかたくしました。

「どちらも想像《そうぞう》したくはありません。もしも怪獣《かいじゅう》がいたのなら、……もちろん、それだってひどい話なんですが、まだわたしにはあきらめがつくんです」

みんなはすこしだまりました。

スキッパーも両親《りょうしん》の顔をしりません。気がつけばバーバさんと、この森でくらしていたのです。両親《りょうしん》のことは、とてもいいひとたちだったけれど病気《びょうき》で死《し》んでしまった、ときかされています。それにくらべればイッカさんは気のどくだ、とスキッパーは思いました。両親《りょうしん》がひどいめにあったか、それでなければ両親《りょうしん》が自分を捨《す》てたというのですから。

トワイエさんが思い出したようにいいました。

「ああ、そう、そう、先ほどのお話では、んん、宿屋《やどや》の前に立っていた、と。で、それより前の、はっきりとした記憶《きおく》は、ない、と。ということは、その、はっきりとしない記憶《きおく》なら、ん、ある、ということでしょうか」

イツカはトワイエさんを見て、あいまいな笑顔《えがお》をつくりました。

「ああ、わたし、そういういいかたをしましたか。ええ、まあ、はっきりとしない記憶《きおく》はあるんです。でも、いまになってみると、それがほんとうにあったことだったのか、わたしがつくった話なのか、よくわからないんですがね。へんな話ですよ。こういうことなんです。

ここらあたりでも、十二月に、モミの木にろうそくの明かりをいっぱいつけるという、おまつりをしますか？　そう、とりわけ子どもたちのためのおまつりなんです。わたしを助《たす》けてくれた宿屋《やどや》にも、子どもさんがいましてね、十二月には立派《りっぱ》な

明かりの木を
つくってもらっていましたよ。
で、わたしがそれに見とれていますと、
その子に、
これはおまえのじゃないから見るなって、
いわれましてね。
いや、子どもってそんなことを
いうことがあると思うんですよ。
で、わたしが思わず
いいかえしてしまったのは、
わたしの明かりの木はもっと大きかった、
ってことばなんですよ。
うそつきっていわれましたがね。

自分としちゃ、
たしかにそういうことがあった
ような気がしたんです。
大きな明かりの木。
で、何度《なんど》も何度《なんど》もそのことを
思い出しているうちに、
だんだんはっきりと
思い出してくるんですね。
ほかのことはなんにも思い出せないのに、
そのことだけが思い出せてくる。
旅《たび》の途中《とちゅう》だったのか、
ある十二月、場所《ばしょ》は
家のなかか庭《にわ》かわからないんですが、

黒い帽子《ぼうし》をかぶった父親と、
白いスカートをはいた母親が
いっしょにいて、
冷《つめ》たい紅茶《こうちゃ》をのんでいて、
ビスケットがある。
わたしが木でできたおもちゃの船を
持《も》っている。で、目の前には
明かりの木があるんです。
　その明かりの木が
またすごいんです。
大きいだけじゃない。
ふつうのろうそくじゃないんです。
いろんな色の明かりが、

燃《も》えあがるみたいに動《うご》くんです。
その明かりの木を見ながら、
父親と母親が、
『これは、やさしく、正直に
生きようとする人の明かりの木だ』
っていうんです。
……よく考えてみると、
そんな明かりの木なんて
あるわけがない。だから、
それはきっと、わたしが
ありもしないことを想像《そうぞう》したか、
夢《ゆめ》に見てほんとうにあったと思いこんだ
場面《ばめん》だったんだと思うんですよ。

自分には、あんなすごい明かりの木の思い出があるんだ、わたしはあの明かりの木と両親《りょうしん》のためにも、やさしく正直に生きていこうって、自分をなぐさめるっていうか、はげますために、自分でつくりだした魔法《まほう》、……思い出しているつもりで、じつは自分でつくった話だったんだと思うんですよ」

そこまで話してイッカは、きゅうにてれくさそうに笑《わら》いました。

「いや、これは、ばかな話をしてしまいました」

みんなが静《しず》かになったところで、口をひらいたのは、ポットさんでした。

「ばかな話なんかじゃない。いい話じゃないか」ポットさんはハンカチで鼻《はな》をかみました。「イッカさんは苦労《くろう》なさったんだなあ。でもその苦労《くろう》に負《ま》けないでやってこられたのは、きっと、その、心のなかの明かりの木のおかげだったんだと、ぼくは思うよ」

みんなはしんみりとした気分で、目の前に腰《こし》をおろしている湖《みずうみ》の怪獣学者《かいじゅうがくしゃ》の、これまでのことを想《おも》いました。

岸辺《きしべ》のほうで、ふたごが笑《わら》う声がきこえました。

7

眠《ねむ》れぬ夜のお話

まよなかです。

テントのなかにランプはついていません。でも、暗《くら》さに慣《な》れた目には、ものの形は見てとれます。テントの布《ぬの》を月の光が明るくしているからです。

そっと起《お》きあがったイツカが、リュックのなかから手さぐりでびんをとりだし、ふたをあけるとひとくちのんで、ふうっと息《いき》をはきだしました。

イツカの足もとでからだを丸めていたカワウソも上半身《じょうはんしん》をおこしました。イツカの顔を見ているようです。

「(おまえも眠《ねむ》れないのか)」

イツカがささやくと、ドコカもささやきかえしました。

「(おまえこそ、だろ)」

「(おいおい、そんなしゃべりかたをして、あのふたごにきかれたらどうするんだ)」

カワウソが笑顔《えがお》になったのが、シルエットのほおの形でわかりました。ドコカはイツカのひざをぐいと押《お》していいました。

「(ゆうべはおもしろかったな。イッカ先生ときたもんだ。こんやはだいじょうぶ。ふたごはぐっすりおやすみだ。ぬすみぎきにはおいでになっちゃいない。さっき見たら、島《しま》の家に明かりはついちゃいなかった)」

「(ああ、おれが見たときにも消《き》えていた。月明かりの湖《みずうみ》、木陰《こかげ》の蛍《ほたる》、なかなかいいもんだ)」

「(月明かりの湖《みずうみ》? 木陰《こかげ》の蛍《ほたる》? イッカ、よせよ。そんなものどうだっていいさ。計画どおりに話が進《すす》んでるってのがいいんだろ)」

カワウソにいわれて、イッカは声をおさえてくっくっと笑《わら》いました。

「(計画どおり。そうだな。こんなにうまくいくとは思わなかったな。へへ、とんびょうしってやつだ。あすにはウニマルへ行く……。いや、あのいきおいじゃ、もしもスキッパーがいいださなくっても、ほかの連中《れんちゅう》が、バーバ先生の研究室《けんきゅうしつ》を見せてやれっていってくれたと思うぜ。すっかり信用《しんよう》させてしまったからなあ)」

「(じゃ、あれをやったんだな。明かりの木の話を)」

「(やった、やった。あの話にゃ、魔法《まほう》の力があるね。いや、そこまでの話で、ひとりだけおれのことを疑《うたが》っているやつがいたんだよ。それが明かりの木で、ころりさ。へ、だらしがないね。かんたんに、ころり……)」

イッカはそこでもうひと口のみました。ドコカがわざわざ起《お》きあがり、ころりところんで見せたので、イッカは声をひそめて笑《わら》いました。

「(そうだよ。ころりさ。いつもいってるだろ。ひとつのうそをしんじさせるには、まわりを真実《しんじつ》でかためるんだって)」

「(湖《みずうみ》の怪獣学者《かいじゅうがくしゃ》といううそを、真実《しんじつ》の生《お》い立《た》ちでかためるってわけだな)」

「(そうさ。品《ひん》のわるいことは省《はぶ》いたけどな。すべて真実《しんじつ》)」

「(その真実《しんじつ》のなかでも、とりわけ泣《な》かせるのが、明かりの木の話ってわけだ。よくできた話だなあ。え？　イッカ、どうなんだ？　あれはおまえ、ほんとうのことだと思ってるんじゃないのか？)」

「(ばかいえ。ありゃあ、つくり話だよ。おまえはあのいじのわるい息子《むすこ》をしらねえんだ。あいつに、明かりの木を見るな、むこうへ行け、なんていわれてみろ。どんなつくり話だっていいかえしたくなるぜ。それでいいかえしたら、こんどはウソツキ呼《よ》ばわりだ。顔をあわすたびに、〝燃《も》える明かりの木〟っておれのことをからかうんだ）」

「（ほんとに、つくり話だって思ってるのかい？）」

「（そりゃ……そうだろ。おれはこの年になるまで、いろんな明かりの木を見てきたぜ。大金持《おおがねも》ちのやつも見たし、大きな店の前に飾《かざ》ってあるやつも見た。だけどな、ドコカ、いろんな色に燃《も》えあがる明かりの木なんて、考えられるか？　燃《も》えるったって、火がついて燃《も》えつきるわけじゃないんだぜ。燃《も》えるように見えるんだよ。そんなものが、あるわけないじゃないか）」

イツカはもうひと口のみました。

「（でもなあ……）」ドコカは、歯切《はぎ》れわるそうにいいました。「（宿屋《やどや》の息子《むすこ》にはあって、燃《も》えあがる明かりの木を思いつく、そこまではわかるよ。でも、そこで母

親と父親が、やさしさとか正直とかいうだろ。あれも宿屋《やどや》の息子《むすこ》にはりあって思いついたってのかい？）」

「（しかたないだろ。それもまとめて思いついたんだから）」

「（それにしちゃあ、それからあとの人生は、やさしさとか正直から、遠かったらしいじゃないか）」

「（ああ、ドコカ、おまえに出会うまではな……。おまえに出会ってからは、そういうことはやっちゃいない。おまえに出会ってからそういうことをするのは、これが最初《さいしょ》だ。そして、これで最後《さいご》だ）」

イッカは自分でうなずきながら、びんに手をのばしました。

「（イッカ、あすは大事《だいじ》な日なんだから、あんまりのまないほうがいいんじゃないか？　学者先生《がくしゃせんせい》が酒《さけ》くさいってのはまずいと思うぜ）」

「（そうだな。寝《ね》よう）」

ふたつの影《かげ》が横《よこ》になって、しばらく静《しず》かな時間がすぎました。湖《みずうみ》で魚がはねた音がしました。

イッカの足もとで丸くなっていたカワウソが、むっくり起《お》きあがると、イッカの胸《むね》のあたりまでやってきて、前足でイッカの腕《うで》を押《お》しました。

「(なんだ?)」

イッカの声も眠《ねむ》っていたようにはきこえませんでした。

「(いや、ことのなりゆきってのはおもしろいもんだなあと、思ってさ)」

「(なんだそりゃ)」

「(いや、あの日、イッカがあの店で、学者《がくしゃ》たちの話をきかなけりゃ、おれたちはいまここにはいなかったんだろうなあって、思ったんだよ)」

カワウソは後ろ足で立ちあがっています。

「(ドコカ、おまえ、気が立って眠《ねむ》れねえんだろ)」

「(イッカ、おまえだってそうだろ。眠《ねむ》そうな声にゃきこえねえぜ。なあイッカ、子守《こも》り歌《うた》がわりに、例《れい》の話をしてくれよ）」

「（え？　またかい？）」

ドコカはイッカの腹《はら》にとびのりました。

「（してくれ！　してくれ！）」

「（やめろ！　わかった。してやるから、とびはねるな）」

イッカがからだを横向《よこむ》きにすると、ドコカは下におりて、イッカの腹《はら》にもたれるようにすわりました。すわってもせわしなく手が動《うご》き、自分のからだのあちこちをさわっています。すぐには眠《ねむ》りそうもないようすです。

イッカは、ドコカが眠《ねむ》れないときはいつも、小声で話をしてやっていました。

（もしかすると、イッカが眠《ねむ》れないときに、ドコカも眠《ねむ》りにくいのかもしれませんが。）最近《さいきん》はずっとおなじ話です。

「（あれはおまえもしっているように、ひと月ほど前のことだった。夜の出番が終《お》わって、おまえをホテルにつれて帰り、おれはひとりで飯《めし》を食《く》いに、いつもの店へ行ったんだ。そしてビールとサラダとスパゲティを注文《ちゅうもん》した)」

「(おれは、ホテルでウナギとレタスを喰《く》っていた)」

ドコカはかならずここで、こういいます。舞台《ぶたい》の台本のようにきまっているのです。

「(とつぜん後ろの席《せき》のふたりの話が、おれの耳にひっかかった。〈湖《みずうみ》の怪獣《かいじゅう》〉ってことばがきこえたんだ。おれは思わずきき耳を立てた。

どうやらふたりは学者《がくしゃ》のようだった。学者《がくしゃ》の集《あつ》まりがその街《まち》であったらしい。おたがいにバーバ先生、ウーロン先生と呼《よ》びあっていた。話のようすじゃ、バーバ先生は動植物《どうしょくぶつ》と人のくらしの学者《がくしゃ》で、ウーロン先生のほうが湖《みずうみ》にすむ怪獣《かいじゅう》をしらべているようだった)」

そこでことばをきって、イッカはドコカのようすをうかがいました。ぜんぜん眠《ねむ》くならないドコカは、ひじでイッカのお腹《なか》をぐいぐい押《お》しました。

「(それから、それから)」

「〈ウーロン先生の怪獣《かいじゅう》の話がしばらく続《つづ》いたあと、話題《わだい》は水《みず》の精《せい》にうつった。なんだ、怪獣《かいじゅう》の話はもう終《お》わりか、と思っていると、バーバ先生がとんでもないことをいいだしたんだ。話っていうのは、こうだ〉」

バーバ先生がすんでいる〈こそあどの森〉にも湖《みずうみ》はあって、その湖《みずうみ》には水《みず》の精《せい》がいると子どもたちがいってるっていうんだ。子どもたちというのは湖《みずうみ》の島《しま》にすんでいるふたごの女の子と、バーバ先生がいっしょにくらしているスキッパーという男の子で、スキッパーはその水《みず》の精《せい》に、卵《たまご》くらいの大きさの深紅水晶《しんくすいしょう》という宝石《ほうせき》をもらって、自分のコレクションにしているっていうから、おれはもうびっくりしちまった。

で、それをきいたウーロン先生のセリフがこうだ。

――あ、それはうなずけますな。というのは、水晶《すいしょう》というのは、水《みず》の精《せい》と書いて、スイショウと読ませることがあったくらいですから。

なあ、ドコカ。学者《がくしゃ》ってのはものの値《ね》うちがわからねえもんだな。ええ？　卵《たまご》くらいの大きさの深紅水晶《しんくすいしょう》！　そりゃおまえ、持《も》ってくところに持《も》っていきゃあ、一生遊《あそ》んでくらせるってほどの値《ね》うちもんだぜ。それをおまえ『あ、それはうなずけますな』だよ。

ふたりの話はそのあと水辺《みずべ》の植物《しょくぶつ》のほうへいっちまった。

だがおれは残《のこ》りすくないビールをちびちびのんで、いろんな情報《じょうほう》をききとめた。

バーバ先生はあとふた月は旅《たび》に出ている予定《よてい》だってこと、こそあどの森にはどうやって行くかってこと）」

イツカはそこでことばを切りました。するとドコカが、ぐいと頭をまわしていいました。

「（あの日、ホテルに帰ってきて、その話をおれにしたんだよな。おれはこういった。

——そいつはよく考えたほうがいいぜ。イツカ）」

「（そうだ。そこでおれたちは、よく考えた）」

「（イッカが湖《みずうみ》の怪獣学者《かいじゅうがくしゃ》のふりをするってのは、おれが考えた）」
「（ああ、これはいい考えだった。そこでおれは図書館《としょかん》へ通いだした。腹話術《ふくわじゅつ》の舞台《ぶたい》は夕方から夜までだから、昼間の時間はたっぷりあった。湖《みずうみ》の怪獣《かいじゅう》について書いてある本は、見るからにウソくさいものから、これはほんとうらしいぞと思うものまで、ぜんぶ読んだ。ウーロン先生の本もあった。それから湖《みずうみ》について書いてある本、水中と水辺《みずべ》の生《い》き物《もの》の本、動物《どうぶつ》や植物《しょくぶつ》についての本、ついでにバーバ先生の本、いろいろ読んだな。いや、ドコカ、じつはな、読んでいるうちに、ついひきこまれてしまうってことが、何度《なんど》かあったんだ。学者《がくしゃ》ってのも、おもしろいかもしれんと思ったたな。そういうことをしらべているとな、どこかにひっそりとかくれ続《つづ》けている怪獣《かいじゅう》のやつ、このおれに見つけてほしいって思ってるんじゃないかって気になってきたりしてな……。

そう、それと同時に小道具《こどうぐ》も買いそろえていったっけ。使《つか》いこんだもののほうがいいってんで、古道具屋《ふるどうぐや》、古着屋《ふるぎや》をまわったなあ。双眼鏡《そうがんきょう》、小型《こがた》カメラ、リュックサック、テント、水筒《すいとう》、鍋《なべ》、やかん、コップ、そういう学者《がくしゃ》が着《き》そうな服《ふく》、古そうなノートには、あちこちの本を参考《さんこう》にして、学者《がくしゃ》の書きそうなことを書きとめた。そうそう、それからおれたちのことばも、学者《がくしゃ》らしくなおしたっけなあ。おまえはおれのことをイッカ先生と呼《よ》ぶことに、おれはおまえをドコカくんと……）」

月が雲にかくれたのか、テントの布《ぬの》が暗《くら》くなりました。

「（ドコカくん？・）」

ドコカのからだからは力がぬけ、静《しず》かな寝息《ねいき》をたてていました。

湖《みずうみ》の夜は静《しず》まりかえっています。

イッカはふうっと

大きく息《いき》をはきました。

8 バーバ先生の研究室《けんきゅうしつ》

つぎの日の昼すぎ、ウニマルに、ふたごとイッカがやってきました。ドコカもいっしょです。

きのう、わかれる前に、

――バーバさんの仕事場《しごとば》を、見ますか？

と、スキッパーからいいました。イッカが見たがっているのを、わかっていたからです。

――いいんですか？　バーバ先生がおるすなのに。

と、イッカはうれしそうにこたえました。

昼すぎ、という時間はスキッパーがきめました。いつだってウニマルのなかはかたづいていますが、はじめての、しかも学者《がくしゃ》のお客さんがやってくるとなると、そうじをしたり、整《ととの》えたりしておきたいところがあるのです。机《つくえ》のまわりとか、標《ひょう》本箱《ほんばこ》とか、望遠鏡《ぼうえんきょう》や顕微鏡《けんびきょう》のレンズとか、本棚《ほんだな》とかです。そしてそういったものは、きれいにするのにけっこう時間がかかります。

午前中、スキッパーはいっしょうけんめいはたらきました。汗《あせ》をハンカチでぬぐうほどでした。ウニマルのなかは、すべてのものが、あるべき場所《ばしょ》に、きちんと美《うつく》しくおさめられました。そしてお茶のためのお湯《ゆ》をストーブにかけたところに、三人といっぴきがやってきたのです。

「スキッパー！　スキッパー！」

「つれてきた、つれてきた」

にぎやかなふたごにはさまれてイツカもにこにこしています。

「こんにちは、スキッパーくん。バーバ先生の研究室《けんきゅうしつ》を見せてもらえるなんて、夢《ゆめ》のようです」

ドコカはイツカの肩《かた》の上に乗《の》っていました。イツカは上着《うわぎ》のポケットから袋《ふくろ》をとりだすと、ドコカに手をさしだしました。

「さあ、ひとのおうちにはいるんだから、おもちゃはこっちにいれておこうね」

するとドコカは、それまでしっかり握《にぎ》っていたマツボックリをイツカにわたしました。
　それを見てふたごは、
ここにくるまでのドコカのようすを、
スキッパーに話しました。
「いろんなものをさわりたがる」
「木《き》の実《み》とか、石とか、きのことか」
「手にとって、くるくるまわしたりして、遊《あそ》ぶ」
「気にいったら、ずっと持《も》ってる」
　ウニマルにかかったはしごをのぼってくる三人をむかえながら、スキッパーは、
そんなカワウソの姿《すがた》を見たかったなと思いました。ドコカは、はしごをのぼるイッ
カの肩《かた》で、うまくバランスをとりながら、きょろきょろまわりを見まわしています。
　全員《ぜんいん》がウニマルにのりこむと、さっそく、広間を通って書斎《しょさい》へ案内《あんない》しました。
「おお、ここがバーバ先生の研究室《けんきゅうしつ》ですか」

と、イッカがつぶやきました。机《つくえ》、いす、ランプ、ペン、インク、タイプライター、顕微鏡《けんびきょう》、そんなものをイッカは、ゆっくりとうなずきながらながめていきました。よく見ようと顔を近づけることはありましたが、手はからだのうしろに組んでいて、けっしてさわろうとはしませんでした。バーバ先生の持《も》ちものにふれてはいけない、と心にきめているようすでした。

つぎに本棚《ほんだな》を見ました。バーバさんが書いた本、ノート、資料《しりょう》をはりつけたスクラップブック、そしてたくさんの本、図鑑《ずかん》、辞典《じてん》……。

さらに多くの標本箱《ひょうほんばこ》を見ました。化石《かせき》、虫、花、石……、小動物《しょうどうぶつ》の骨格標本《こっかくひょうほん》もあります。

スキッパーが説明《せつめい》して、イッカが熱心《ねっしん》に見てまわるあいだ、ドコカはイッカの足にまとわりつきながら、さわれるものをさがしまわっていました。南《みなみ》の島《しま》で木をけずってつくられたカエルのおきものがあって、それが気にいったようでした。キャロットとパンプキンは、そんなドコカにずっとついてまわりました。

ひとまわり見たところで、お茶になりました。ふたごが持《も》ってきたキャロット・ケーキを食べることにしました。ドコカには、スキッパーがオイルサーディンと水をあげました。

食べたりのんだりしながら、スキッパーは湖《みずうみ》の怪獣《かいじゅう》の調査《ちょうさ》についてききました。きのうはとうとう口をはさめなかったのです。

「水の底《そこ》って、どうやってしらべるんですか?」

「ああ、浅《あさ》いところなら、ドコカくんがしずんでいるものをひろってきてくれます。深《ふか》いところは、ボートか筏《いかだ》で湖《みずうみ》に出て行ってしらべるんです。長い釣糸《つりいと》に小石をくくりつけて水のなかへしずめます。小石にはグリスを、あ、ねばりけのある油《あぶら》です。車輪《しゃりん》の軸受《じくう》けなどに使《つか》います、そのグリスをぬっておきます。底《そこ》につくと、そのあたりにあるものをひっつけてもどってくる、というわけです。それをしらべれば、だいたいのことはわかります」

「わたしたちのヨット、使《つか》ってもいい」

「そう、どこへでもつれていってあげる」

ふたごがいうと、イッカはうれしそうに笑《わら》いました。

「ありがとう。でも湖《みずうみ》の深《ふか》いところの調査《ちょうさ》は、これはあやしいぞ、怪獣《かいじゅう》がいるんじゃないか、と思ったときにすることにしていますから、必要《ひつよう》なときとそうでないときがあるんです」

そのあと、怪獣《かいじゅう》を見つけたらどうするのか、とスキッパーはたずねました。できるだけたくさん証拠《しょうこ》を集《あつ》めるのだと、イッカはこたえました。写真《しゃしん》とか、からだの一部《いちぶ》とか、観察記録《かんさつきろく》とかです。

「けれど、なかなかしんじてもらえないと思ってるんですよ」

と、いってイッカはすこし笑《わら》いました。

「ほら、あなたたちの水《みず》の精《せい》のようにね」

「じゃあ、イッカさんは、水《みず》の精《せい》のことをしんじてくださるんですか?」

スキッパーがたずねると、イッカはにっこりうなずきました。

「水《みず》の精《せい》なんていないというひとに、湖《みずうみ》の怪獣《かいじゅう》を研究《けんきゅう》することはできないと、わたしは思いますね」

オイルサーディンを食べ終《お》わったドコカが皿《さら》で遊《あそ》びはじめたのを見ると、イッカは残《のこ》りのお茶をのみほして、いいました。

「じゃあ、スキッパーくんのコレクションを、見せてもらおうかな」

スキッパーはほおが熱《あつ》くなりました。イッカは学者《がくしゃ》さんなのです。バーバさんのコレクションを見るのは参考《さんこう》になるでしょうが、スキッパーのコレクションを見たいだなんて……。そう思ったとき、パンプキンがいいました。

「見せれば、スキッパー」

キャロットもいいました。

「ほら、標本箱《ひょうほんばこ》、あの石がはいってる」

「う、うん……」

スキッパーは書斎《しょさい》から、自分の標本箱《ひょうほんばこ》をとってきました。

その標本箱《ひょうほんばこ》はふたつきで、なかが細い板《いた》で二十の部屋《へや》にしきられています。そっとふたをあけると、イッカは
「ほお！」

と、声をあげました。

あの石だけ見てもらえばいいや、とスキッパーは思っていたのですが、イッカは左上の部屋《へや》を指《ゆび》さして、たずねました。

「これは、なんでしょう」

「あ、それは、カマキリのカマです」

スキッパーは、はずかしそうにこたえました。けれどイッカはポケットから虫目《むしめ》鏡《がね》を出して、カマにはさわらずにゆっくりとながめて、まじめな顔でいいました。

「なるほど、こうしてそれだけとりだして見ると、おもしろいものですなあ」

そして順《じゅん》にひとつずつ、カエデの種《たね》、モミジバフウの実《み》、トンボの羽、しまもようのある石と、直接《ちょくせつ》手でふれることなく、ていねいにながめ、自分の感想《かんそう》をいいま

した。見せてよかった、とスキッパーは思いました。

やがてあの石の部屋《へや》にきました。

「あ、これがきのうおっしゃっていた……」

「そうです。水《みず》の精《せい》がくれた深紅水晶《しんくすいしょう》です」

「はあ……！　これが……！　なるほど、これは見事《みごと》な……。ああ、そうだ、ごぞんじですか？　水晶《すいしょう》というのは、水《みず》の精《せい》と書いてスイショウと読ませることがあったということを」

学者《がくしゃ》らしいことをいうなあ、とスキッパーは思いました。

ぜんぶ見終《みお》わると、イツカは、自分でふたをして、自分で棚《たな》へ持《も》っていきました。

そして、三人をふりかえっていいました。

「貴重《きちょう》なものを見せていただいたおれいに、腹話術《ふくわじゅつ》のショーをお見せしたいと思うのですが……」

このことばに三人は大よろこびしました。

「では、ドコカ！　ジャンプだ！」
そういわれるとドコカは、
ぴょんととびあがって、
くるりと空中でトンボ返《がえ》りをしました。
「もう一回！」
トンボ返《がえ》り。
「おまけの一回！」
最後《さいご》のジャンプをしたあとで、
ドコカはとくいそうに腕《うで》を組み、
それから頭をさげました。
三人は盛大《せいだい》な拍手《はくしゅ》をしました。
ドコカは、イツカの前に
ちょこちょことやってきて、

両手《りょうて》を広げて、口を動《うご》かしました。
いや、しゃべった、
としか思えませんでした。
「ご紹介《しょうかい》します。
しゃべるカワウソ、ドコカの友、
腹話術師《ふくわじゅつし》、プロフェッサー・イッカ！」
ドコカに紹介《しょうかい》されて、
イッカはうやうやしくおじぎをしました。
ドコカはイッカの
ズボンのひざのあたりをつかんで、
くいくいひっぱりながらたずねます。
「イッカ。腹話術師《ふくわじゅつし》っていうくらいだから、
腹話術《ふくわじゅつ》をするんだろ」

「するよ」と、イッカ。

「腹話術《ふくわじゅつ》って、人形なんかの口をパクパクさせて、それがしゃべってるみたいに声を出すんだろ。自分の口は動《うご》かさずに」

「そうだよ」

「じゃあ、やって見せてよ」

「やってるよ」

「やってるって……？　人形がないじゃないか」

「人形がないから、カワウソでまにあわせてるんだよ」

「どこにいるんだ、そのカワウソ」

「きみがそのカワウソだよ」

　そこでドコカが「え？」というしぐさをしたので、スキッパーたちは思わず声をあげて笑《わら》ってしまいました。ドコカはいいます。

「ほんとかい？　これ、ぼくがしゃべってないっていうの？」

「そうだよ。ほんとうはぼくがしゃべっているんだよ」

「しんじられない！　ほんとうはぜんぶぼくがしゃべっていて、イッカが口をパクパクさせているだけじゃないのかい？」

ショーはそういう調子《ちょうし》ではじまりました。そのあと、イッカとドコカの名前の話になりました。いつかひとの役《やく》に立つとか、どこかでいいことをするとか、はじめは立派《りっぱ》なことをいっているのに、あれこれいいあっているうちに、いつか大金持《おおがねも》ちに、どこかで大金持《おおがねも》ちに、という話になっていくのが、おもしろいところでした。

ドコカが思わず本音をいってしまって、あわてて前足で口をおさえるのが、かわいらしくて、ゆかいでした。

それからふたりで交互《こうご》に歌いながら、かんたんなステップでおどる、という場面《ばめん》もありました。ショーのしめくくりは、ドコカが
「いつか」

といい、イッカが

「どこかで」

というと、ドコカが
「大金持《おおがねも》ち！」

と続《つづ》けるのを、イッカが首を左右にふって、

「また、会いましょう！　だろ」

といって、ふたりでおじぎをしました。

スキッパーもパンプキンもキャロットも、はじめから終《お》わりまで、大満足《だいまんぞく》で、手がいたくなるくらい拍手《はくしゅ》をしました。

「すごい！」

「もう、ドコカはほんとうにしゃべってるとしか、思えない！」

「ドコカ、かわいい！」

「アンコール！　アンコール！」

キャロットがそういったとき、イッカが笑顔《えがお》で肩《かた》をすくめました。

「ああ、そういってくださるとうれしいのですが、もう見ていただくわけにはいきません」

そこまで聞いたとき、ショーはもうおしまいといっているのだと、スキッパーは思いました。けれどイッカは続《つづ》けました。

「このあと、わたしたちはすぐテントをたたんで、出発《しゅっぱつ》するつもりなんです」

スキッパーもふたごもびっくりしました。

「どうして、とつぜん？」

「もっといればいいのに」

「怪獣《かいじゅう》が出てくるかもしれない」

「そう、わたしたちもさがしてあげる」

「ありがとう」イッカはうなずきました。「でも、あの湖《みずうみ》には怪獣《かいじゅう》はいないと思います。湖《みずうみ》や沼《ぬま》は世《せ》界中《かいじゅう》にあるんです。ほかをさがさなければなりません」

そういってドコカを呼《よ》ぶと、やってきたときとおなじように、肩《かた》に乗《の》せました。

そしてスキッパーを見ました。

「この森の湖《みずうみ》にやってきたのは、むだではありませんでした。バーバ先生の研究室《けんきゅうしつ》を見せてもらえました。それにスキッパーくんのコレクションも見せてもらえましたからね。ありがとう」

　イッカはスキッパーに、目を細めながらかるく頭をさげました。

もう行ってしまうようです。ついさっきまで、あんなに楽しいショーを見せてくれていたのに、もうどこかへ行ってしまうというのです。

「では、わたしは、これで」

　カワウソを肩《かた》に乗《の》せたイッカは、ウニマルの広間から甲板《かんぱん》に出る階段《かいだん》を、のぼっていきました。

顔を見あわせていたふたごも、

「わたしたちも、いっしょに帰る」

「では、わたしたちも、これで」

と、イッカのあとを追《お》って、いそいで階段《かいだん》をのぼっていきました。

ひとり残《のこ》されたスキッパーは、すこしぼうっとしてしまいました。きゅうに夢《ゆめ》から覚《さ》めたような、そしてなにかわすれものをしたような気分でした。もっとたずねたいことがあったような気がします。腹話術《ふくわじゅつ》のことだって、もっとしりたかったように思います。カワウソだって、もっと見ていたかったし、飼《か》い方《かた》などの話もききたかったと、いまになって思います。それに、そうでした、ショーを見せてくれたおれいもちゃんといっていません。それに、それに、これでわかれるとなると、さよならだっていっておかなくてはなりません。

スキッパーは階段《かいだん》をかけあがって、甲板《かんぱん》に出ました。

すると、ちょうどポットさんがやってきて、イッカとふたごにあいさつをしてい

るところでした。

「やあ」

と、スキッパーにも手をふり、ポットさんはふたごを近くに呼《よ》びよせました。

「では、わたしは……」

と、イツカが行こうとしました。すると、ポットさんが止めました。

「いや、イツカさんにもいてもらわなければならないことになるかも、しれません」

へんないいかたをするなあ、とスキッパーは思いました。イツカもそう思ったようです。すこしあごをひくようにしました。

ポットさんはふたごをつれて、イツカからはなれました。なにかをたずねたかったようです。スキッパーは、おれいとあいさつをするのはいまだ、と思いました。

「イツカさん」

きゅうに名前を呼《よ》ばれて、イツカはびくっとしました。肩《かた》から落《お》ちそうになったドコカが、イツカの頭にしがみつきました。声をかけたスキッパーのほうがびっくりしてしまったくらいです。

「な、なんでしょう」

気をとりなおして、イツカがいいました。

「い、いえ、あの、さっきの腹話術《ふくわじゅつ》のショー、ありがとうございました。そ、それから、お元気で。怪獣《かいじゅう》、見つかるといいですね」

あいさつが苦手《にがて》なスキッパーとしては、せいいっぱいのあいさつでした。

イツカは、ああ、と口をすこしひらいて、がくがくとうなずきました。そして笑《わら》ってみせました。そのとき、ポットさんが呼《よ》びました。

「イツカさん」

スキッパーに気をとられていたせいか、イツカはこんどもびくっとして、ドコカがしがみつきました。ポットさんは続《つづ》けました。

「あなたは運《うん》がいい。こんや、すばらしいものをお目にかけます」

「え?」

イツカはとまどったような顔をしました。

「ですが、その、このあと、すぐにテントをたたんで出発《しゅっぱつ》するつもりなんです……」

「いや、それはいけません」

ポットさんは押《お》しとどめるように両手《りょうて》をあげ、それでもたりないというようないきおいで、首を左右にふっていいました。

「これを見るようにすすめているのが、だれだと思います？　イツカさん、あなたが尊敬《そんけい》しているとおっしゃった、バーバさんそのひとなんですからね。これを見なければ、バーバさんに失礼《しつれい》というものです」

イツカはためいきをつくと、たずねました。

「いったい、それは、なんなのです？」

ポットさんは肩《かた》をすくめました。でも笑顔《えがお》でこたえました。

「わかりません」

「わからない……？」

「でも後悔《こうかい》はさせないと、あのバーバさんがうけあっているんです。ああ、それから、夕食はトマトさんが用意《ようい》するっていってますからね」

そこでポットさんはウニマルの甲板《かんぱん》のスキッパーのほうを見ました。

「さっきバーバさんから手紙がとどいてね、こんや、きみにあるものを見せるようにたのまれたんだ。バーバさんがここにいれば自分できみをつれていくんだけど、旅行中《りょこうちゅう》だからね。かといって、子どもをひとりで夜の森に出すわけにはいかない。だからぼくにたのんだというわけさ。ああ、森のみんなにも見てほしいって書いてあったから、このあと声をかけてまわるよ。

きょうの日暮《ひぐ》れまでに、きのうピクニックをしたあの岸辺《きしべ》に、こられるだろ?

そうそう、ランタンと毛布《もうふ》を持《も》っていくように書いてあった」

それから、ふたごにいいました。

「きみたちも、いいね。日暮《ひぐ》れまでに、あの岸辺《きしべ》。ランタンと毛布《もうふ》」

そしてみんなを見ながら続《つづ》けました。

「じゃ、ぼくはほかのひとたちにしらせに行かなくちゃ」

みんなに考えるひまも与《あた》えず、ポットさんはしゃべり続《つづ》け、しゃべり終《お》えると行ってしまいました。

ポットさんの後《うし》ろ姿《すがた》をぼうっと見送《みおく》っていたイツカが、思い出したようにスキッパーに笑《わら》いかけました。

「そういうことなら、いまからもう湖《みずうみ》へ行きましょう。スキッパーくんはカワウソにも興味《きょうみ》を持《も》っているでしょう。ドコカが泳《およ》ぐところを見せてくれますよ」

「は、はい」

スキッパーは、バーバさんが見せたいものも楽しみでしたが、いまはそれよりも、もうすこしイツカやドコカといっしょにいられることがうれしくて、元気にうなずきました。

イツカの肩《かた》の上で、ドコカがスキッパーを見て、口を動《うご》かしました。

「さあ、いますぐ、ランタンと毛布《もうふ》を、とっておいでよ」

9

湖《みずうみ》の岸辺《きしべ》で日が暮《く》れて

その日の日暮《ひぐ》れまでの時間は、スキッパーには、あっというまにすぎたように思えました。とても楽しかったのです。

パンプキンとキャロットといっしょに、カワウソのドコカとヨットで遊《あそ》ぶのは、おもしろくてたまりませんでした。ドコカは水のなかでは、陸上《りくじょう》にいるときとはまったく別《べつ》の生《い》き物《もの》です。

耳をぴたっとふせて、前足はおなかにつけ、はげしくしっぽを左右にふると、もう自分が水の流《なが》れそのものになって、思いのままに泳《およ》げます。ヨットから跳《と》び込《こ》むのもやってくれました。跳《と》び込《こ》むというより、しぶきをあげずに水にはいりこむ、というように見えました。小石を落《お》とすと追《お》いかけていって、底《そこ》につくまでにつかまえてもどってきます。湖《みずうみ》の水は透《す》き通《とお》っているので、かなり深《ふか》いところまでもぐっていくのが見えました。

イツカがいっしょにヨットに乗《の》っているときには、

「こんなの、かんたんさ」

などと、しゃべらせてくれました。

また、ふたごがドコカと遊《あそ》んでいるあいだに、スキッパーはイツカとふたりきりで、調査《ちょうさ》に使《つか》う道具《どうぐ》やノートを、見せてもらいました。双眼鏡《そうがんきょう》、持《も》ち運《はこ》びに適《てき》したかんたんな顕微鏡《けんびきょう》、水底《みずぞこ》までの距離《きょり》をはかる糸、おもりの小石につけるグリス、小《こ》型《がた》のカメラ……。

「ほんとうはちゃんとしたカメラを使《つか》いたいのですがね、なにしろひとりでテントから鍋《なべ》から、ぜんぶかついで歩くわけですから、こんなおもちゃのようなカメラしか使《つか》えないいんですよ」

と、イツカは肩《かた》をすくめました。

そういわれて見まわすと、テントのなかにはずいぶんいろんなものがありました。それをぜんぶひとりで持《も》ち運《はこ》ぶというのです。そういえば、これでけっこう力が強い、なんていってたなと、スキッパーはきのうの話を思い出しました。

スキッパーがいちばんすてきだと思ったのは、緑色《みどりいろ》のノートと青い鉛筆《えんぴつ》です。鉛《えん》筆《ぴつ》の芯《しん》は黒なのですが、木に塗《ぬ》られた色が青なのです。この緑《みどり》と青の組みあわせが、湖《みずうみ》の怪獣学者《かいじゅうがくしゃ》にいかにもふさわしいと思えました。ノートも見せてもらいました。どこかの湖《みずうみ》の深《ふか》さの表《ひょう》や、地図、そして地方に伝《つた》わる怪獣《かいじゅう》の話などが、細かい字で書《か》き込《こ》まれ、ところどころ赤い線がひかれているのです。鉛筆《えんぴつ》ではなく、茶色や青のインクで書かれたページもありました。

スキッパーがうっとりとノートをながめていると、イツカがほほえみながらたずねました。

「ノートが気にいったんですか？」

「はい」

うなずいたあと、スキッパーは、すこしはずかしかったけれど、思いきっていいました。

「ぼく、イツカさんみたいに、なりたいです！」

イツカはおどろいたような顔でスキッパーを見ました。

そして、ずいぶんたってから、

「あ、……ああ、わたしみたいに……。そ、そうですか……」

と、いいました。


やがて日暮《ひぐ》れが近づいてくると、ポットさん、トマトさん、トワイエさん、そしてギーコさんとスミレさんが、それぞれの荷物《にもつ》をかかえてやってきました。

「イツカさんのお話は、ポットさんからうかがいました」

と、スミレさんがいいました。

「腹話術《ふくわじゅつ》は、カワウソがしゃべっているようにしか、見えないんですってね」

するとドコカが
「いえ、それほどでもありません」

といった（ように見えた）ので、スミレさんもギーコさんも、すっかり感心《かんしん》してしまいました。

ふたごも、自分たちの新しい名前をスミレさんとギーコさんにいいました。パンプキンとキャロットときいて、スミレさんがすこし首をひねったところを見ると、ポットさんはこの話はしていなかったようです。

こうしてみんなが集《あつ》まってくると、バーバさんがみんなに見せたがっているものがなんなのか、ようやくスキッパーも気になってきました。

「いったいなにがあるっていうの？」

スミレさんがトワイエさんにたずねています。

「いえ、ぼくは、ん、しりません」

つぎにふたごにたずねました。

「あなたたちはきいてる？」

「きいてないけど、推理《すいり》できる」

「そう、百こくらい推理《すいり》できる」

「いわなくていいわよ」

スミレさんは冷《つめ》たくいいました。

でも、もうスイッチがはいってしまったらしく、パンプキンとキャロットはつぎつぎに思いつきを口にしはじめました。

「怪獣《かいじゅう》が水のなかからあらわれる」

「湖《みずうみ》の水がなくなってしまう」

「バーバさんが百羽《ひゃくわ》の白鳥にぶらさがってやってくる」

「流《なが》れ星《ぼし》が落《お》ちてくる」

そのときにカワウソが晩《ばん》ごはんの魚をつかまえて岸辺《きしべ》にあがってこなければ、ふたごはまだまだいい続《つづ》けたにちがいありません。でも、〝怪獣《かいじゅう》があらわれる〟とい

うのはいいな、そうなれば、イツカさんがよろこぶだろう、とスキッパーは思いました。けれど、今夜ここに怪獣《かいじゅう》があらわれるかどうかなんて、遠くのバーバさんにわかるわけはありません。

ふたごがカワウソのところに行ってしまうと、スミレさんはトマトさんにたずねました。

「ねえ、どういうことがあるのか、手紙には書かれていなかったの？」

トマトさんは首を左右にふりました。

「書かれていなかったの。……なにかがおきるとは思えないわね。いつもとおなじ湖《みずうみ》だわ」

すわるための布《ぬの》がしかれました。イツカがたき火に火をつけようとするのを、ポットさんがとめました。

「ああ、きょうは火はいいんです。むし暑《あつ》い日ですから、あたためたり沸《わ》かしたりしないでいいものを用意《ようい》しましたからね」

トワイエさんがスキッパーをさそって、ならんで布《ぬの》に腰《こし》をおろしました。

「スキッパー、きみも、その、なにがはじまるか、しらないいんですか?」

「はい。バーバさんが……」

「そう、ポットさんに、手紙で、ね。それにしても、バーバさん、遠くにいるんでしょう?」

「ええ、たしか、遠い南の島《しま》に……」

「ん、その遠いところにいるバーバさんが、どうして、今夜、ここでなにかあるって、そう、わかったんでしょう」

そのときポットさんがみんなにいいました。

「雲のむこうで、日もしずんだようだ。さあ、暗《くら》くならないうちに、食事《しょくじ》にしよう」

それぞれに配《くば》られたのは、ナフキンに包《つつ》まれたものと、大ぶりのカップがふたつずつです。包《つつ》みをあけるとパンとチーズとスプーンがはいっていました。カップには、スープと紅茶《こうちゃ》を、ポットさんとトマトさんがそそいでまわりました。スープはジャガイモをうらごししてつくったものです。スープも紅茶《こうちゃ》も、びっくりするくらい冷《つめ》たくなっていました。

「おいしいですね」トワイエさんがひと口のんで、にっこり笑《わら》いました。「きょうのように、その、むし暑《あつ》い日には、ええ、特《とく》にいいですね」

スキッパーは、となりにすわっているイツカに小声でたずねました。

「ドコカは……？」

「つぎの魚をさがしにいったんだと思いますよ」

イツカも小声でこたえました。スキッパーが湖《みずうみ》のほうを見ようとしたとき、パンプキンと目があいました。スキッパーはポットさんがたずねてきたときのことを思い出しました。

「ねえ、ポットさんがウニマルにきたとき、なにを話していたの？」

パンプキンは、

「蛍《ほたる》のこと」

と、こたえました。

「おとといは、ふたつ、みっつっていってたよね」

スキッパーがたしかめると、

「きのうは百は見た」

と、パンプキンがいいました。話をきいてたトワイエさんが、

「蛍《ほたる》……？」

と、つぶやきました。

スミレさんがみんなにビスケットを配《くば》りはじめました。

「デザートがわりにめしあがれ」

「まあ、スミレさんのビスケット、わたし大好《だいす》き」

トマトさんがうれしそうにいいました。

スキッパーは、ドコカがいつのまにか
イツカの足もとにもどってきているのを見つけました。

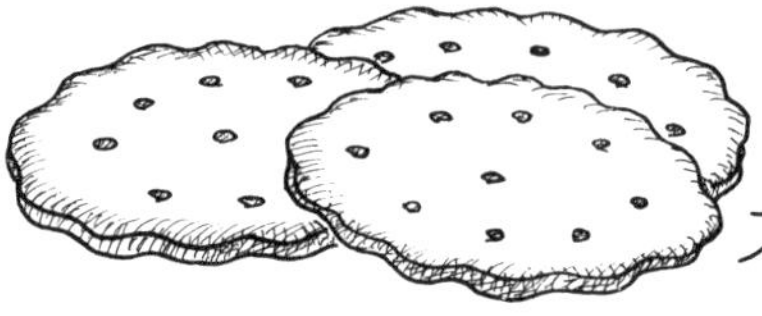

――もどってきたね。

と、いおうと思って、イッカのほうを見ると、イッカはスキッパーがはじめて見る顔をしていました。ビスケットを見つめて目を細め、かたいっぽうのほおだけで笑《わら》っているように見えました。そして鼻《はな》を小さく鳴らして、口のなかでつぶやきました。

「(冷《つめ》たい紅茶《こうちゃ》と、ビスケットときたか……)」

耳のいいスキッパーだからきこえたのです。

そのとき、

「あ、蛍《ほたる》が……」

と、トワイエさんが声をあげました。ようやく暗《くら》くなりかけた木陰《こかげ》の暗《くら》がりで光が見えました。スミレさんがすこし不満《ふまん》そうにポットさんを見ました。

「ねえ、今晩《こんばん》の集《あつ》まりって、蛍《ほたる》……?」

ポットさんは、みんなを見まわしてから、肩《かた》をすくめていいました。

「そうじゃないかなと思うんだ」

なんだ蛍《ほたる》か、という空気が流《なが》れました。

「蛍《ほたる》なら……」

ギーコさんがいいかけてやめました。スミレさんがかわりに続《つづ》けました。

「うちは窓《まど》の大きな家だし、すぐ前が川だから、家のなかからだって、ほら、ランプを消《け》すと……」

気分をかえるように、トワイエさんがいいました。

「ポットさん、バーバさんからの手紙には、その、どういうことが、んん、書いてあったのでしょう?」

みんながポットさんを見ました。そうです。その手紙のために、みんなはここにいるのです。ポットさんはうなずきました。

「うん。こういうふうに書いてあったんだ。

まず二、三びきの蛍《ほたる》が目につく日がある。つぎの日には百ぴきくらいの蛍《ほたる》があらわれる。で、三日めからあとで、月が出ていなくて、むし暑《あつ》い風のない夜に、いまいるこのあたりで、めずらしいものが見えるはずっていうんだ。

バーバさんはここよりもずっと南にある島《しま》にいるんだけど、そこでおなじものを見たそうだ。で、思い出したんだって。バーバさんが子どものころ、こそあどの森のちょうどこのあたりでそれを見たってことを。

計算すると、(それがどういう計算かはしらないけど、)ちょうど四十二年前のことらしい。つまり、四十二年にいちど、そのめずらしいことがおきるって書いてあったんだ」

「それだけ?」

スミレさんがたずねました。

「うん。あとは、ぜひスキッパーをつれて行って、見せてやってくれ、いや、みなさんでごらんくださいい。後悔《こうかい》はさせません。毛布《もうふ》とランタンと食事《しょくじ》の用意《ようい》があるといいでしょうって、そういう手紙だったんだ」

みんなは顔を見あわせました。

「んん、蛍《ほたる》のこと、のようでもありますし、ちがうようでもありますが、その、とにかく、四十二年にいちど、なんですね」

トワイエさんがいうと、スミレさんが、

「もっとくわしく書いてくれても、よかったと思うわよ、バーバさんも」

と、つぶやきました。

「はやく手紙を出そうと思って、あわてて書いたのよ、きっと」

トマトさんがうなずきながらいいました。

「蛍《ほたる》の数がふえてきた」

キャロットが木々の重《かさ》なりのほうを指《ゆび》さしました。空はまだ青みが残《のこ》っているのに、しげみのなかでは闇《やみ》がはじまっているのです。暗《くら》がりに目をこらしていると、さっきまでなにもなかったところに、ふうっと光があらわれます。するとそれにさそわれるように、その近くでも光が灯《とも》っては消《き》えます。

「きれいねえ」

トマトさんがつぶやいて、ほんとにきれいだとスキッパーも思ったとき、スミレさんがいいました。

「あたしもきれいだって思うわよ。でも四十二年ぶりとも思えないけれど……」

「そ、そうですね」トワイエさんも、すこし声を落《お》として続《つづ》けました。「うちも、川の前ですし、ふたごの家も、ここは湖《みずうみ》ですから、蛍《ほたる》は見なれていますから、ね」

ああ、そうだった、とスキッパーは思いました。スキッパーのウニマルと、ポットさん、トマトさんの湯《ゆ》わかしの家は、水辺《みずべ》ではありません。蛍《ほたる》を見ないわけではありませんが、いちどにたくさん見ることはなかったのです。

そのうちに、まわりは、いつのまにか、いつのまにかと、気がつくたびに暗《くら》くなっていき、蛍《ほたる》の数もふえていきました。

「あ、飛《と》んだ」

トマトさんの声です。

「そりゃ、飛《と》ぶわよ」

と、スミレさんの声が続《つづ》きました。暗《くら》がりのなかに、とつぜん光があらわれて、動《うご》いて、消《き》えます。光の点は、まるで重《おも》さがないようです。

光の点がスキッパーのひざにとまりました。スキッパーはそっと手でかこいました。手のひらが、ふうっと明るくなります。手を広げると、蛍《ほたる》はすこし歩いて、羽を広げて飛《と》びたちました。光っては消《き》える点を、しばらくは目で追《お》いましたが、やがてほかの点といりまじって、わからなくなってしまいました。

「あっ、川のほうから！」

「川のほうから！」

ふたごがさけんで、みんなが川のほうを見ました。スミレさんとトマトさんが
「まあ！」

と声をあわせ、何人かが息《いき》をのみました。

スキッパーはそれを見た瞬間《しゅんかん》、川が月の光にかがやいているのかと思いました。でも月は出ていません。蛍《ほたる》です。数えきれない蛍《ほたる》が、川の上を、明るくなったり暗《くら》くなったりする光のつぶの帯《おび》になって、湖《みずうみ》のほうへくだってきたのです。まるで川がうかびあがってかがやいているように見えました。

「すごい！」

「こんなの見たことない！」

ふたごの声です。

「おっ、色がちがう……」

ギーコさんの声に、みんなはまわりの蛍《ほたる》と見くらべました。たしかにちがいます。まわりで光っているのは、青っぽい光ですが、川をくだってきたのは緑《みどり》っぽく見えます。

光の帯《おび》は湖《みずうみ》の岸《きし》ぞいに、みんながすわっているほうにむきをかえると、すぐ目の前を横切《よこぎ》って流《なが》れはじめました。緑《みどり》の光る点が右から左へ、明るくなったり消《き》えたりしながら、とぎれなく流《なが》れていきます。

「こりゃ、すごいな」

ポットさんがつぶやいています。

「おお！　むこうのほうにも！」

トワイエさんが声をあげました。

みんながすわっているところは、すこし湖《みずうみ》につき出ています。岸《きし》はそのあと小さな入江《いりえ》をつくって、むこうのほうへ続《つづ》いていきますが、そのむこうのほうから、別《べつ》の、赤味《あかみ》のある光の帯《おび》がやってきたのです。

「あ、あれも蛍《ほたる》？」

スミレさんの声にトワイエさんが、

「あ、あれも、蛍《ほたる》のようです、ね」

と、こたえました。

ふたつの光の帯《おび》にさそわれるように、
もともとこのあたりで光っていた青っぽい光が、森のなかから、湧《わ》き出《で》てきます。

そしてそのすべての光が、ひとつの場所《ばしょ》に集《あつ》まっていくように見えました。

「あ、あの木に！」

「あの木に集《あつ》まっていくみたい！」

ふたごがいいました。

「ほんとだ！」「集《あつ》まっていく！」

だれかの声が続《つづ》きました。

入江《いりえ》をはさんだむこう岸《ぎし》に、すっと一本の木が

立っています。光がその木に集《あつ》まっていくのです。はじめは暗《くら》い影《かげ》だった木の形が、すこしずつ光の形にかわっていきます。蛍《ほたる》はあとからあとから集《あつ》まって、もう木の形がはっきりとわかります。波《なみ》のない水面《すいめん》に、それがそのままの形にうつります。

だれかが大きく息《いき》をつきました。

そのうちに光りかたがかわってきました。

「あ、そろってきた」

「そろってきた」

「いっしょに明るくなる」

「いっしょに暗《くら》くなる」

ふたごがそういっているあいだに、木全体《ぜんたい》が明るくなったり暗《くら》くなったりしていたのが、またかわってきました。

「あ、ずれてきた」

「波《なみ》みたい」

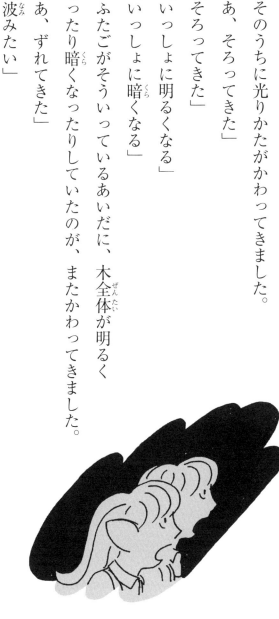

同時についたり消《き》えたりしていたのが、場所《ばしょ》によってすこしずつずれはじめたのです。そのために、光が、さあっと移動《いどう》していくように見えます。

けれどそれだけではありませんでした。

「見て！　色が！」

「いろんな色がついて見える！」

ふたごは思わずさけんでしまいました。

「そ、その色が、おお、移《うつ》っていきますね！」

「なんてふしぎなんでしょう！」

「まあ！」

「すごい！」

口々に声に出したあと、みんなは、だまりこみました。

はじめは全体《ぜんたい》が白っぽくかがやいて点滅《てんめつ》しています。それが、光に色が見えはじめると、赤い波《なみ》が紫《むらさき》の波《なみ》、青、緑《みどり》、黄色、オレンジ色と、かわっていき、渦巻《うずま》くの

です。やがて光は色がみだれ、ふたたびいっせいに白くかがやいて点滅《てんめつ》するところからくりかえします。そのすべてが水にうつって見えます。

それは、何度《なんど》も何度《なんど》もくりかえされました。いちどずつ、色のぐあいはちがいました。だれも、なにもいわず、ながめました。

が、とうとうふたごが、小さな声でいいました。

「どうしてあんなになるんだろ」

「どうして色がかわって見えるんだろ」

「紫《むらさき》に光る蛍《ほたる》なんていなかった」

「オレンジ色に光る蛍《ほたる》もいなかった」

トマトさんもくわわりました。

「そうよね、そうよね、ほんと、どうして色がかわるのかしら」

それはスキッパーもしりたいところでした。

「それはですね」トワイエさんが、ひかえめにいいました。「青っぽい光と、緑《みどり》っ

ぽい光と、赤っぽい光があれば、そのまざりぐあいで、もう、いろんな色に、ええ、見えるんです」

「ほう」

ポットさんが感心《かんしん》しました。

「じゃあ、どうして四十二年にいちどなんだろ」

「どうして毎年ないんだろ」

ふたごのつぎの疑問《ぎもん》にも、トマトさんはくわわりました。

「そうね、そうね、どうしてかしらね」

「うーん、それは、どうしてでしょうね」

トワイエさんにもわからないようです。するとギーコさんがいいました。

「それはたぶん、七年にいちどたくさん生まれるようにきまっている蛍《ほたる》と、六年にいちどたくさん生まれることになっている蛍《ほたる》がいるんじゃないかな」

「なるほど！」ポットさんがまた感心《かんしん》しました。「四十二年にいちど重《かさ》なるわけか。

ギーコさん、よくそんなこと気づいたね」

「いや、うちはいやでも蛍《ほたる》が見えるだろ。とても多い年が何年かおきにあって、光る色がちがうように思っていたからね……。もしかすると、卵《たまご》から親になるまで、六年とか七年とか、かかるのかもしれないな」

ギーコさんがそんなことをいったので、スキッパーはびっくりしました。ギーコさんが昆虫《こんちゅう》のことを話すなんて思ってもいなかったからです。

トワイエさんが続《つづ》けました。

「すると、その、四十二年にいちどの大発生《だいはっせい》のとき、だけ、ん、あの木に、そう、集《あつ》まるんですね」

「どうしてあの木に集《あつ》まるんだろ」

「なんのために集《あつ》まるんだろ、おまつりみたいに」

こんどのふたごの疑問《ぎもん》にも、トマトさんはくわわりました。

「そうよね、どうしておまつりみたいなことをするのかしら、それもあの木で」

「どうしてあの木なのか、んん、それは、わかりませんが、集《あつ》まるのは、きっと、オスとメスが、相手《あいて》を見つけやすいからだと、うん、思いますね」

トワイエさんのことばのあとで、スミレさんが、めずらしくふたごのことばに感《かん》心《しん》しました。

「おまつり。うまいことをいうわね。愛《あい》しあう相手《あいて》を見つけて、子どもを残《のこ》して死《し》んでいく、生命《いのち》をつないでいくおまつりね」

生命《いのち》をつないでいく、ということばは、スキッパーの胸《むね》に残《のこ》りました。

「四十二年ごとにおまつりをするってことが、どうやってわかるのかしら」

トマトさんがつぶやくのに、スミレさんがこたえました。

「わかるっていうより、つき動《うご》かされるのよ、きっと」

「何百年も、何千年も、いやそれよりもずっと前から、四十二年ごとに、こうやってきたんでしょうね、ええ」

トワイエさんがそういったあと、みんなはまただまって、燃《も》えあがる木をながめ

JUN

ました。途中《とちゅう》でいちどだけ、ポットさんが、

「寒《さむ》くなったら、毛布《もうふ》にくるまるといいよ」

といいました。

トワイエさんの、「何百年も、何千年も、いやそれよりもずっと前から」ということばで、スキッパーは深紅水晶《しんくすいしょう》のことを思い出しました。

何万年も、もしかしたら何億年も前から、石はずっとあったのです。長い長い時間――。

いっぽう蛍《ほたる》は、ひとつひとつの短《みじか》い生命《いのち》をつないできたのです。

いいえ、蛍《ほたる》だけではありません。ヒトもそうしてきたのです。

生命《いのち》をつないで、つないで、そしていまここにスキッパーはすわっているのです。

そのとき、色の渦《うず》が、とつぜん三つも四つもできました。みんなは「おお」とか「はあ」とか、声をあげました。そんな声にまざって、スキッパーの耳に、とぎれとぎれの声が聞こえました。

イツカがつぶやいているのです。

「(うそだろ……、うそだろ……)」

なにがうそなんだろう、とスキッパーは思いました。

「(四十二年前……! 話は合う……! いやそんなばかな……! だいいち、いまは六月だ! あれは十二月だったんだ!)」

十二月ということばで、イツカがなんのことをいっているのか、スキッパーにはわかりました。すると思い出したことがありました。

「イツカさん」

イツカの影《かげ》がびくっと動《うご》きました。

「イツカさんは、四十二年前に、これとおなじものを見たんじゃないですか?」

「ああ、そう、スキッパー、ああ、スキッパーくん。そう、おどろいた、おどろいています……。わたしの思っていた明かりの木と、あまりにも、よく似《に》ていましたから。でも、ちがう。わたしの話は、十二月のことなんですからね」

みんなは、燃《も》える木を見ながら、スキッパーとイツカの話をきいていました。

「でもね、イツカさん。ぼく、いま思い出したんです。バーバさんがどこか遠く南の国へ行ったときのことですが、十二月なのに夏のところがあったんです。きっとイツカさんは、お父さんとお母さんといっしょに旅《たび》をしていて、十二月が夏のところで、蛍《ほたる》の木を見せてもらったんですね」

イツカの影《かげ》は、こおりついたように動《うご》きませんでした。

「あ、そうか」トワイエさんが小声でいいました。「だから、ですね。そう、夏だから、冷《つめ》たい紅茶《こうちゃ》なんですね、十二月でも夏のところで、場所《ばしょ》は、んん、家のなかじゃなかった、そうじゃないですか」

イツカが大きく息《いき》をのむのがきこえました。

「そうだ。家のなかじゃなかった。庭《にわ》でもない。外のひらけたところだった。ぽつんと大きな木が立っていた。母《かあ》さんは長い白のスカート、父《とう》さんは黒い帽子《ぼうし》……」

「イツカさん」ギーコさんがひかえめにいいました。「お父さんは、ステッキを、

持《も》っていませんでしたか？」

みんなは、いったいどういうわけでそんなことをいいだしたんだろうと、ギーコさんのほうを見ました。蛍《ほたる》の光のせいで、ぼんやりと見えるのです。けれど、すぐにイツカのほうに目をもどしました。イツカが声にならない声をだしたからです。

「うう……持《も》っていた！　たしかにステッキを持《も》っていた！　けれど、どうして、それを……!?」

「いや」ギーコさんはこたえました。「さっき、ポットさんに、その明かりの木の話をきいたときに、親子三人で旅《たび》、黒い帽子《ぼうし》、っていうから、もしかしたらって思ってたんです。

イツカさん、お父さんは大工さんだったんじゃありませんか？　ぼくも大工をしているからきいたことがあるんですが、ある国では、旅《たび》をしながら仕事《しごと》をする大工がいるらしいんです。で、そのひとが旅《たび》の大工だというしるしに、黒い帽子《ぼうし》とステッキをかならず身《み》につける。夏でも黒い帽子《ぼうし》をかぶっていて、若《わか》いのにステッキを持《も》っていたとすると、旅《たび》の大工さんだったんじゃないでしょうか」
イツカが息《いき》を切れ切れにはくのがきこえました。
「そうだ。大工だったんだ。木切れで船をつくってくれたんだ」
スキッパーはイツカの影《かげ》を見ていいました。
「じゃあ、明かりの木の話と、
お父さん、お母さんの話は、
ほんとうにあったこと
だったんですね！」
イツカの影《かげ》が動《うご》いて、
スキッパーのほうを
見ているようでした。

10　明かりの木の魔法《まほう》

イツカにはもう、まわりの音はきこえませんでした。ただ自分の心臓《しんぞう》がどっくん、どっくんと鳴っている音だけがきこえました。それは、木に集《あつ》まったすべての蛍《ほたる》が、同時に明るくなったり暗《くら》くなったりするのとひびきあっているようでした。心臓《しんぞう》の音がどんどん大きくなり、蛍《ほたる》のかがやきがどんどんまぶしくなり、イツカはぎゅっと目をとじました。

するといっしょに、低《ひく》くひびく声がきこえました。

「ちゃんと目をとじてるか？　ぼうず」

「とじてるよ、とうちゃん」

イツカは子どもの声でこたえていました。

「もうすぐだからね」

すぐ横《よこ》でかあちゃんの声がしました。

とうちゃんの声がひびくのは、おぶさった背中《せなか》に耳をつけているからです。とうちゃんの、どっくん、どっくんと鳴る心臓《しんぞう》の音もきこえます。広く力強いとうちゃんの背中《せなか》で、とうちゃんの足が地面《じめん》をふみしめる一歩一歩を感《かん》じます。子どものイツカは、いまから見せてくれるというものがなんなのか、楽しみでたまりません。手に握《にぎ》っているのはおもちゃの船です。とうちゃんが木をけずってつくってくれたのです。いつも手にしていますから、目をあけなくてもわかります。

どれだけ歩いたでしょう。

かあちゃんが、なにかに感心《かんしん》して大きく息《いき》をはきだす気配《けはい》があり、とうちゃんの足も一瞬《いっしゅん》止まりました。

「どうしたの？」

とうちゃんはそれにはこたえず、また歩きはじめて、逆《ぎゃく》にイツカにたずねました。

「きょうがなんの日かしっているか？」

「明かりの木のおまつりの日？」

その日、あちこちの家で、明かりの木が飾《かざ》られているのをイツカは見ていたのです。

「そうだ」

とうちゃんは立ち止まり、しゃがんで、イツカを地面《じめん》に立たせました。

「さあ、目をあけてみろ」

「明かりの木よ」

とうちゃんとかあちゃんの声でそっと目をあけました。

「うわあ……！」

こんな明かりの木は見たことがありません。見あげるほど大きくて、びっくりするくらいきれいで……、いろんな色が、燃《も》えるように動《うご》いて渦《うず》を巻《ま》いて……。

「すごいね。これ、だれが、つくったの？」

イツカは、やっとそういえました。

「だれがというより、自然《しぜん》に……」といいかけて、とうちゃんはちょっと考えました。「いのちの神《かみ》さまだな。いのちの神《かみ》さまが見せてくださってるんだ」

「いのちの……、神《かみ》さま……？」

「うん。それに、これは、いつでもどこでも見られるってもんじゃないんだ」

「ぼくたち、運《うん》がよかったの？」

とうちゃんはほほえんでうなずいたあと、こういいました。

「これは……、きっと……、ごほうびみたいなもんだ」

すると、かあちゃんが続《つづ》けました。

「そうね……、ごほうび。やさしく、正直に生きていれば、こんなごほうびをもらえることがあるんだわ」

三人は布《ぬの》をしいて、明かりの木にむかってすわりました。バスケットから冷《つめ》たい紅茶《こうちゃ》とビスケットを出します。

子どものイツカは、明かりの木を見てはかあちゃんを見あげ、ビスケットをかじってはとうちゃんを見あげます。明かりの木で、ふたりの顔がちゃんと見えます。白い服《ふく》のかあちゃんはふっくらとしていてやさしく美《うつく》しく、黒い帽子《ぼうし》のとうちゃんは正直そうな目……。

カワウソがイツカの足にからだをすりつけました。イツカは、ここがこそあどの森の湖《みずうみ》の岸辺《きしべ》だったことを思い出しました。暗《くら》くてよかったと思いながら、両手《りょうて》で涙《なみだ》をぬぐいました。

——ドコカ、明かりの木の話は、ほんとうのことだった。

イツカは心のなかでドコカに話しかけました。

——よかったじゃないか。

ドコカはイツカの心のなかで返事《へんじ》をしました。

——うん、よかった。おれは、いま、あのときのことを、はっきりと思い出したんだ。

——どんな気分だ?

——そうだな。みょうにすっきりした気分みたいな気がするな。

——明かりの木の話がほんとうのことかどうか、ずっと気にかかっていたからな。

——ああ……、ほんとうのことかどうかということよりもな……、おれにはああいうおふくろとおやじがいたってことなんだ。おれのことを大事《だいじ》に思ってくれるひとが、ほんとうにいたってことなんだよ。おれはもう、そのことを気にしなくってていい、だいじょうぶって気分なんだ。

そうだ、ドコカ。おれは、あの宝石《ほうせき》、スキッパーに返《かえ》さなきゃならん。

カワウソがイッカの顔をじっと見ているのが気配《けはい》でわかりました。

——冗談《じょうだん》だろ。

——いや、冗談《じょうだん》じゃない。

——どうしてそんなこと、いいだすんだ。イッカ！　よせ！　考えてもみろ。おまえはこれまでに、どれだけ苦労《くろう》をしてきたんだ？　どれだけひとにそまつにあつかわれてきたんだ？　そんなことはぜんぶ、金さえありゃあひっくりかえるんだぜ。そりゃあ、おまえがいちばんよくしってるじゃないか。ええ？　いい家にすんで、うまいものを喰《く》って、いい服《ふく》を着《き》て、陽気《ようき》な友だちを呼《よ》んで、おもしろい芝居《しばい》を観《み》て、なんだってできるんだぜ。そういってたじゃないか。いつか、どこかで、大金《おおがね》持《も》ちって。

イッカはじっとカワウソを見ました。

――ドコカ……。おれはな……。おれは、みんなをだまして、スキッパーの宝石《ほうせき》をぬすんで大金持《おおがねも》ちになっても、いい気分じゃくらせないって思うんだよ。

カワウソはむこうをむきました。蛍《ほたる》の木がいくつもの色に燃《も》えあがりました。

――……どういって、スキッパーに返《かえ》すんだ？

――……ドコカが、持《も》ってきてしまいましたって、な。

――なんだって？

――すまねえな。

――なんてこった。

おくれて森から出てきた蛍《ほたる》が、闇《やみ》を縫《ぬ》って、燃《も》える木のほうへ飛《と》んでいきます。

しばらくだまってむこうをむいていたカワウソが、イッカをふりかえりました。

──イッカ、おまえ、本物の怪獣学者《かいじゅうがくしゃ》になったらどうだ。

──食っていけないぜ。

──腹話術師《ふくわじゅつし》もやめるこたないじゃないか。おまえが、この森のひとたちに話したとおりのやつ、スキッパーが思っているようなやつになりゃいいんだよ。湖《みずうみ》の怪獣《かいじゅう》学者《がくしゃ》、おれはけっこう気にいってるぜ。

──あいかわらず、とっぴょうしもないことをいうやつだな。

──へへっ、よくいうよ。おまえがいわせてるんじゃないか。

イッカは声を出さずに笑《わら》いました。そして、こんな気分になったのは、ひさしぶりのような気がしました。

「(スキッパー)」

イッカがささやきました。

「(いま、気づいたんですが、これ、きみの部屋《へや》から、ドコカくんが持《も》ってきてしまったようなんです。
大切なものを、かってに持《も》ち出《だ》して、
もうしわけありません）」
　イッカが手をのばしています。
スキッパーも手を出しました。
卵《たまご》ぐらいの大きさのものが
はいった袋《ふくろ》が、
手のひらにのせられました。
たしかマツボックリを
いれていた袋《ふくろ》じゃないかな、
とスキッパーは思いました。
「（袋《ふくろ》ごと持《も》っていってください。
そのまま、ポケットにでも、しまって）

いわれたとおり、スキッパーは、ズボンのポケットに袋《ふくろ》をしまいました。

蛍《ほたる》の木がいっせいに明滅《めいめつ》すると、光のかたまりが、ふくれあがったりちぢんだり、ふくれあがったりちぢんだりをくりかえすように見えます。全体《ぜんたい》が生きているようです。

スキッパーは、イツカの明かりの木が想像《そうぞう》でつくりあげたものじゃないことがわかって、ほんとうによかったなと思いました。明かりの木がほんとうなら、お母さんやお父さんのこともほんとうの記憶《きおく》だということになります。

——お母さんやお父さんの記憶《きおく》があるって、どういう感《かん》じなんだろう。

そう思いながら心臓《しんぞう》の鼓動《こどう》のような光の木を見つめていると、さっきスミレさんがいった「生命《いのち》をつないでいく」ということばを思い出しました。スキッパーに生命《いのち》をつないでくれたのは、お母さんとお父さんです。その生命《いのち》を守《まも》ってくれたのは、バーバさんです。

スキッパーは、バーバさんのことを思いうかべました。
子どもだったバーバさんは、ここで、これを見たのです。そして四十二年たって、南《みなみ》の島《しま》でおなじものを見て、スキッパーにも見せてあげたいと思ったのです。
――これから四十二年たって、ぼくはまたこれを見るだろうか、そしてそのとき、きょうのことを思い出すだろうか……。

燃《も》える木、明かりの木が、いちだんと美《うつく》しい色の渦《うず》をつくりました。

だれもが、
だまって、
みつめています。

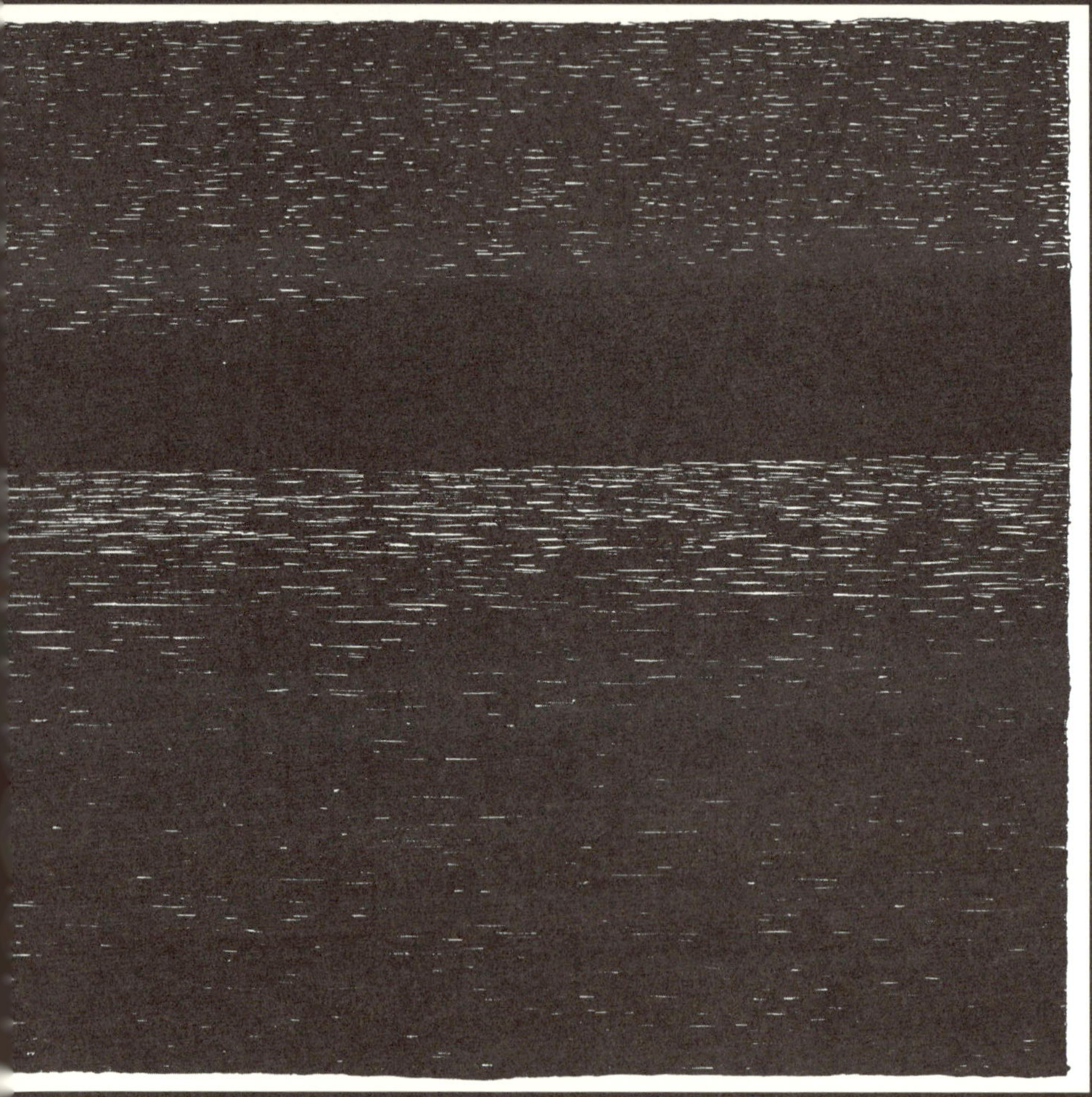

岡田　淳（おかだ・じゅん）

1947年兵庫県に生まれる。

神戸大学教育学部美術科を卒業、西宮市内で教師をつとめる。

1981年『放課後の時間割』で日本児童文学者協会新人賞。

1984年『雨やどりはすべり台の下で』で産経児童出版文化賞。

1987年『学校ウサギをつかまえろ』で日本児童文学者協会賞。

1988年『扉のむこうの物語』で赤い鳥文学賞。

1991年『星モグラサンジの伝説』でサンケイ児童出版文化賞推薦。

1995年『こそあどの森の物語』1〜3の三作品で野間児童文芸賞。

1998年『こそあどの森の物語』1〜3の三作品が
　　　国際アンデルセン賞オナーリストに選定される。

この他に『ムンジャクンジュは毛虫じゃない』『ようこそおまけの時間に』『二分間の冒険』『びりっかすの神様』『選ばなかった冒険』『ふしぎの時間割』『竜退治の騎士になる方法』『もうひとりのぼくもぼく』『プロフェッサーPの研究室』などの作品がある。

（『扉のむこうの物語』『星モグラサンジの伝説』『こそあどの森の物語』シリーズは理論社刊。『もうひとりのぼくもぼく』は教育画劇刊。『プロフェッサーPの研究室』は17出版刊。他はいずれも偕成社刊。）

こそあどの森の物語⑨
あかりの木の魔法

NDC913
A5判 22cm 224p
2007年3月 初版
ISBN978-4-652-00672-6

作者 岡田 淳
発行者 鈴木博喜
発行所 株式会社 理論社
〒101-0062 東京都千代田区神田駿河台2-5
電話 営業 03-6264-8890
編集 03-6264-8891
URL https://www.rironsha.com

2024年12月第13刷発行

装幀 はた こうしろう
編集 松田素子

岡田　淳の本

「こそあどの森の物語」

●野間児童文芸賞
●国際アンデルセン賞オナーリスト

～どこにあるかわからない“こそあどの森”は、すてきなひとたちが住むふしぎな森～

①ふしぎな木の実の料理法《りょうりほう》
スキッパーのもとに届いた固い固い“ポアポア”の実。その料理法は…。

②まよなかの魔女《まじょ》の秘密《ひみつ》
あらしのよく朝、スキッパーは森のおくで珍種のフクロウをつかまえました。

③森のなかの海賊船《かいぞくせん》
むかし、こそあどの森に海賊がいた？　かくされた宝の見つけかたは…。

④ユメミザクラの木の下で
スキッパーが森で会った友だちが、あそぶうちにいなくなってしまいました。

⑤ミュージカルスパイス
伝説の草カタカズラ。それをのんだ人はみな陽気に歌いはじめるのです…。

⑥はじまりの樹《き》の神話《しんわ》　●うつのみやこども賞
ふしぎなキツネに導かれ少女を助けたスキッパー。森に太古の時間がきます…。

⑦だれかののぞむもの
こそあどの人たちに、バーバさんから「フー」についての手紙が届きました。

⑧ぬまばあさんのうた
湖の対岸のなぞの光。確かめに行ったスキッパーとふたごが見つけたものは？

⑨あかりの木の魔法《まほう》
こそあどの湖に恐竜を探しにやって来た学者のイツカ。相棒はカワウソ…？

⑩霧《きり》の森となぞの声
ふしぎな歌声に導かれ森の奥へ。声にひきこまれ穴に落ちたスキッパー…。

⑪水の精《せい》とふしぎなカヌー
るすの部屋にだれかいる…？　川を流れて来た小さなカヌーの持ち主は…？

⑫水の森の秘密《ひみつ》
森じゅうが水びたしに…原因を調べに行ったスキッパーたちが会ったのは…？

Another Story

こそあどの森のおとなたちが子どもだったころ　●産経児童出版文化賞大賞
ポットさんたちが、子どものころの写真を見せながら語る、とっておきの話。

Other Stories

こそあどの森のないしょの時間
こそあどの森のひみつの場所
森のひとが胸の中に秘めている大切なできごと……それぞれのないしょの物語。

扉《とびら》のむこうの物語　●赤い鳥文学賞
学校の倉庫から行也が迷いこんだ世界は、空間も時間もねじれていました…。

星モグラ　サンジの伝説《でんせつ》　●産経児童出版文化賞推薦
人間のことばをしゃべるモグラが語る、空をとび水にもぐる英雄サンジの物語。